U0839908

里尔克诗全集

第一卷 生前正式出版诗集 第一册

[奥]赖纳·马利亚·里尔克 著

陈宁 译

创于1897 商务印书馆 The Commercial Press

Rainer Maria Rilke

SÄMTLICHE GEDICHTE

Die Ausgaben letzter Hand

涵芬楼文化 出品

服兵役的里尔克（约 1915 年）

我坐着，读一位诗人

——德语诗译者序

陈　宁

赖纳·马利亚·里尔克（Rainer Maria Rilke，1875年12月4日–1926年12月29日），生于奥匈帝国的布拉格，死于永久中立国瑞士蒙特勒的瓦尔蒙疗养院，是20世纪德语世界的巅峰诗人。译者作为这位诗人的一个原始读者，不欲、也无力对他的生平与作品加以臧否（谨附上《年表》，见第三卷）。对于汉语读者而言，里尔克并不陌生。尽管汉语世界对他的生平、他的作品的译介迄今尚称不上丰富、完整，有心的读者自会主动寻索相关文本。译者在此，谨就阅读里尔克文本时也许应该留意的若干方面，不揣弇陋，尝试加以扼要陈述。

德语世界的研究者谈论里尔克文本时，喜欢使用“rilkesch”一词，“rilkesch”意为“里尔克（式）的”。这种里尔克式的文本指称了里尔克的方言布拉格德语[1]、里尔克继承德语前辈作家将两个毫不相干的德语单词硬性合并成一个新的德语单词的手段[2]、里尔克在其特殊文化圈里所惯用的习语[3]、里尔克在研读《格林词典》的基础上对德语单词本义或者某一含义的强调[4]……甚至可能包括里尔克为了诗歌的音韵而对外语单词比如法语、意大利语的德语化运用，以及里尔克用“不太法语的”法语写作的诗歌。这些，既不被当代通行的词典比如

《杜登词典》所解释，也不能够被普通母语读者轻易理解[5]，因此，如何将这些印有里尔克指纹的词语用汉语再现，既是译者的一个梦魇，也是对译者的一个挑战，这需要译者的孜孜矻矻，更需要读者的慧眼洞察。

里尔克曾经说:“我所有的书中只有少数的几种是不可或缺的，有两部甚至无论我在何处都在我的物品中。此刻它们也在我的身边:《圣经》和丹麦伟大诗人茵斯·彼得·雅各布森的书籍。”[6]至少在20世纪前,《圣经》还是西方人血脉里的东西。也许里尔克究竟是“敌基督”还是“寻基督”在学术领域内尚有争论的可能。但里尔克在写作中对《圣经》的大规模使用却是不争的事实：以圣母马利亚为题材的诗集《马利亚生平》[7]、众多以《圣经》人物为主题的诗歌、《我的灵魂是你面前的一个女人》[8]对《圣经》原文的整体引用、诗文中大量对《圣经》文本的隐喻与化用[9]……资料显示，里尔克读过多种《圣经》德语译本[10]，但最终，规范了新高地德语（Neuhochdeutsch，汉语也称“现代高地德语”）的马丁·路德的译本对于里尔克来说是“无论我在何处都在我的物品中”。基于此，译者在涉及《圣经》“正典”时，采用和合本上帝版[11],《次经》(*Apokryph*）则采用思高本[12],《伪经》（*Pseudepigraph*）则根据里尔克阅读的德译本[13]。

与《圣经》一同构成西方文化根源的神话，在里尔克的文本里同样也闪烁着奇异的光芒。里尔克的诗文中，有对古希腊、罗马神话人物的歌唱，有对《圣经》人物与圣徒传说的吟咏，北欧神话、布拉格民间传说、犹太人的故事、波希米亚的传奇……乃至不属于西方文化的埃及神话、穆斯林的传说，都在里尔克的文本里留下了诗性的形影。1920年，女画家芭拉蒂娜·克洛索夫斯卡曾经送给里尔克一本拉丁语-法语对照的奥维德《变形记》作为圣诞礼物，研究者研究后得出结论，《商籁致俄耳甫斯》的许多动机均源于《变形记》，甚至某些字词都取意自《变形记》。[14]

里尔克甫入大学时选择了三门功课：艺术史、文学史和哲学。这个选择，既是他既往的审美趣味，也是贯穿了他一生的审美趣味。

艺术方面。他写作了大量的美术评论。他的诗，或动机于艺术作品，或诗性抒写艺术作品，或直接歌咏艺术大师……他一生中结交了众多的艺术家。艺术大师罗丹是他亦师亦友的忘年交，在罗丹的影响下，他亲近艺术、利用艺术，将“物化”（Dingwerdung）引入文字创作，成就了他被后人关注的“物诗”（Dinggedicht）[15]。年轻时在德国当时的“画家村”沃普斯韦德相遇的一群年岁相仿的前卫艺术家，甚至融入了他的生命。比如：海因里希·福格勒是他至交一生的好友[16]，褒拉·贝克尔是他的红颜知己[17]，雕塑家克拉拉·韦斯特霍夫是他的发妻[18]……里尔克是一个足迹遍及欧洲、北非的浪游者，每到一处，必定要看画廊、画展、博物馆、建筑、古迹[19]……尤其爱在墓地里流连，细细揣摩碑铭上的画面、文字。他说：“在博洛尼亚，在威尼斯，在罗马，处处，我作为死者的学生，站着，面对他们无限的知识，我得到了教育。”[20]墓地，也是里尔克爱情开始的地方。“坟墓之间是我感受到／永志不忘的甜蜜初吻的地方。”[21]这是他1895年1–2月间写给他曾经的未婚妻瓦勒丽·封·大卫–龙菲尔德的情书里的诗句。正是这位生下来名中就带有“封”字的贵家少女资助里尔克自费出版了第一部诗集《生活与谣歌》。[22]

文学方面。[23]早期对里尔克影响至深的是德国诗人李利恩克龙、丹麦文学家茵斯·彼得·雅各布森，惜迄今汉语对他们译介极少。雅各布森的小说《马利亚·格鲁伯夫人》（*Fru Marie Grubbe*）临近结尾有一句话：“我相信，每个人都生着他自己的生，死着他自己的死，我相信。”（Jeg tror, hver Menneske lever sit eget Liv og dør sin egen Død, det tror jeg.）这个“自己的死”，出现在《时辰祈祷书》中，出现在小说《布里格手记》[24]里，出现在《安魂曲——祭沃尔夫·封·卡尔克罗伊德伯爵》内。另一个对里尔克产生巨大影响的是德国诗人荷尔德林，里尔克模仿荷尔德林风格写作过《五歌》，写作过《致荷尔德林》，而许多研究者更发现荷尔德林影响了他包括《杜伊诺哀歌》在内的诗歌写作。[25]法国诗人保罗·瓦莱里、安德烈·纪德，既是他的好友又对他晚年的艺术创作推波助澜，其中瓦莱里的“纯诗”（poésie pure）理论，作用尤为巨大。[26]斯特凡·格奥尔格、霍夫曼斯塔尔则是他相交一生的好友，艺术创作之中更是相互砥砺[27]。

哲学方面。1892年，里尔克的父亲把叔本华的著作当作礼物送给了他。他在大学期间开始阅读尼采，他与尼采的女弟子莎乐美的令人惊艳的友谊，使他更加深得尼采思想的神髓。丹麦哲学家、作家凯尔克高[28]也是他十分喜欢的哲人，青年时期的北欧之旅中，他甚至研读了凯尔克高的著作原文[29]。约从1910年起，里尔克就对奥地利精神分析学家弗洛伊德的理论情有独钟，后来，他通过莎乐美结识了弗洛伊德。里尔克后期摆脱罗丹的艺术创作“工作”论[30]，醉心于诗歌写作的“通灵”（okkult）[31]，无疑，弗洛伊德理论是一副催化剂[32]。

里尔克的文本，在不同译者的笔下会呈现出不同的气象，究竟哪种更切近本真，却没有一定的标准，因此，行文至此，译者不得不小心翼翼地强调，一切译本皆镜像，读者诸君若有可能，当学习德语、法语，亲自阅读那些可能震撼心灵的原文。

* * *

第一卷的翻译，均据德语国家研究者目前通行的底本。第二卷、第三卷，主要依据岛屿出版社七卷本《里尔克全集》（Rainer Maria Rilke, *Sämtliche Werke*, 7 Bde, hrsg. vom Rilke-Archiv in Verbindung mit Ruth Sieber-Rilke, besorgt durch Ernst Zinn（Bd. 7: Walter Simon, Karin Wais, Ernst Zinn), Insel Verlag Frankfurt am Main und Leipzig, 1997），但是，凡能找到《全集》所称其所据底本/手稿者，以后者为准；凡有非据《全集》而另行刊行的，稽核后取其善者；《全集》未存而别本收存的散逸诗歌，另据别本加以辑录。全部底本情况，详见第一、二、三卷各篇章页后的“翻译底本”以及第三卷的相关注释。

“译义求达不敢藻饰”（伍遵契，《归真要道・凡例》）、

“不增己见不减原文”（马士章，《归真要道·马叙》）是译者从古人那里学来的翻译准则，于是，战战兢兢，不敢僭越。

*　　*　　*

译诗得以付梓，首先得感谢老友何家炜兄，没有他的催促，译者可能依旧“懒在文化里不愿起床”。其次，要感谢现居德国苏尔茨贝格的德国友人Barbara Maag Tempelmeier女士的劬劳襄助，她不辞劳苦地替译者购买大量德文书籍、不厌其烦地给译者解释阅读过程中遇到的疑难语句……点点滴滴，没齿难忘。最后，要感谢广外的德语教授林笳。林教授对译者这个素昧平生的后学末进的认可，在精神上给予译者巨大的前进动力。林教授百忙之中耐心细致地解答译者零星的、不着边际的德语语法上的疑问，成为译者翻译活动中的坚强后盾。

此外，还要感谢现实生活中交遇的许多人，还要感谢诗生活·翻译论坛（http://bbs.poemlife.com）、www.rilke.de、超星读书社区（http://www.chaoxing.com，主要是当年的http://bbs.ssreader.com）、天涯论坛·闲闲书话（http://www.tianya.cn）、网上读书园地（http://www.readfree.net）、豆瓣（http://www.douban.com）等网站上的众多网友，他们对译者的译文进行讨论、做出斧正、提出建议……以各种方式替译者提供大量的参考资料……译者的感激之情已经无以言表。可惜，因为要感谢的人为数众多，又怕挂一漏万，是以不一一胪列姓名或者ID，还望众网友海涵。

但是，译文未能尽善尽美之处，责任全在乎译者，是译者本人的艺业不精。为完善里尔克的汉译文本，敬乞读者诸君不吝赐教，无论是在网上（http://www.rilke.cn，rmrilke@126.com）还是在网下。

注释：

1. 比如里尔克《新诗别集》第一首诗《远古的阿波罗躯干像》中有“Sturz”一词，《杜登词典》此词的最后一项释义明确注明（在南德、奥地利、瑞士德语中）为“Glassturz”的简写。学者Hans Berendt早在1957年出版的研究专著中就不厌其烦地阐述此处的“Sturz”即“Glassturz”（Hans Berendt, *Rainer Maria Rilkes Neue Gedichte: Versuch einer Deutung*, Bouvier Verlag Bonn, 1957, S. 47f.）。此后，学者Hermann J. Weigand也有类似论述〔Hermann J. Weigand, „Rilkes Archaïscher Torso Apollos“, *Monatshefte*, Bd. 51, Nr. 2 (Feb., 1959), S. 53〕……但是，译者迄今所见众多英、日、汉语的译本，均将此“Sturz”理解为“坠落”之类的意思，而非“Glassturz”（玻璃罩）。

2. 如诗集的标题《宅神祭品》、《梦中加冕》。

3. 比如一些当时美术圈里流行的习语。

4. 《格林词典》即以《格林童话》蜚声世界的格林兄弟所编纂的《德语词典》（*Deutsches Wörterbuch*）。里尔克“对《格林词典》大量而获益匪浅的阅读”（Rainer Maria Rilke, *Werke: Kommentierte Ausgabe in vier Bänden mit einem Supplementband,* Bd. 2, hrsg. von Manfred Engel und Ulrich Fülleborn, Insel Verlag Frankfurt am Main und Leipzig, 1996, S. 781）可从里尔克的若干书信里找到根据，比如1904年3月12日写给莎乐美的信。

5. 类似汉语语境中当年因老诗人说新诗人的诗太“朦胧”、看不懂而形成了“朦胧诗”这一诗歌流派。

6. 原文：Von allen meinen Büchern sind mir nur wenige unentbehrlich, und zwei sind sogar immer unter meinen Dingen, wo ich auch bin. Sie sind auch hier um mich: die Bibel, und die Bücher des großen dänischen Dichters Jens Peter Jacobsen。参见《给一个青年诗人的十封信》第二封信。

7. 父母的任性使里尔克的名字中出现了“马利亚”（Maria）这个女名。这个名字，注定了里尔克与圣母马利亚的不解之缘，也可能是里尔克形成女性化性格的一个诱因（另一个诱因是母亲把他打扮成女孩一直到六岁），也还可能导致了里尔克具有广泛的女人缘。

8. 参见注释330。

9. 译者的一位网友，在德国研究阐释学，曾经在与译者讨论里尔克与《圣经》的关系时，顺手对看似与《圣经》毫不相干的《商籁致俄耳甫斯》的最后一首诗进行了语义分析，从中发现许多神学术语、宗教隐喻……最终勾勒出一幅完整的“基督复活”仪式图。

10. 简要说明见注释583，详细论述参见Marianne Sievers, *Die biblischen Motive in der Dichtung Rainer Maria Rilkes*, Berlin: Verlag Dr. Emil Ebering, 1938。

11. 基督宗教在西方分为基督教（新教）、天主教（正教）与东正教三种，但对于德语的基督徒与天主徒而言，马丁·路德《圣经》译本是通用的，不像在汉语世界，基督教与天主教的译本迥然不同。在汉语世界里，基督徒的人数远远超过天主徒，且在教外的学术研究中，和合本是通行的版本。因此，译者采用和合本。

12. 和合本不含《次经》，思高本不含《伪经》。

13. 具体内容见《马利亚生平》相关注释。

14. 参见注释794。

15. 有研究者指出：“图画变成了里尔克的一个动因，促使他重新考虑将词语像绘画艺术的材料一样加以选择，组织成诗性的语句画面。”（Die Bilder werden für Rilke zum Anlass, die eigene Sprache zu überprüfen, die Wörter wie ein Material der bildenden Kunst sorgsam zu wählen und zu dichten Satzgebilden zu fügen.）参见Stefan Lüddemann, *Mit Kunst kommunizieren: Theorien, Strategien, Fallbeispiele,* Wiesbaden: VS Verlag, 2007, S. 40。

16. 参见注释324。

17. 参见注释691。

18. 参见注释463。

19. 所到之处，里尔克往往要学习语言、欣赏艺术品、阅读相关历史资料……里尔克时常在诗中很私人化地用只言片语表达他在行走中的感受，只有阅读他相关的书信（或日记），才有可能对他的表达有些许直观理解。

20. 参见注释745。

21. 参见第三卷注释197。

22. 参见第二卷注释1。

23. 作为作家一分子，里尔克师法过、提到过的各国作家名字数不胜数，此处仅泛泛提及对他产生过重要影响的人物。

24. 全名《马尔特・劳里茨・布里格手记》，汉语也有根据日译本的译名简称为《马尔特手记》的。

25. 尤其参见Herbert Singer, *Rilke und Hölderlin*, Köln, Graz: Böhlau Verlag, 1957。

26. 相关论述参见Sandra Pott, *Poetiken: Poetologische Lyrik, Poetik und Asthetik von Novalis bis Rilke*, Walter de Gruyter, 2004中„Im Ausgang aus der ‚poésie pure‘: Rilkes lebensreformerischer Neuentwurf“一节。

27. 参见Siegfried Kawerau, *Stefan George und Rainer Maria Rilke*, Berlin: K. Curtius, 1914; Hugo von Hofmannsthal, Rainer Maria Rilke, *Briefwechsel*, hrsg. von Rudolf Hirsch und Ingeborg Schnack, Insel Verlag Frankfurt am Main, 1978。

28. 参见序言注释29。

29. 参见Werner Kohlschmidt, *Rilke und Kierkegaard*, Kohlhammer, 1950。丹麦哲学家、作家凯尔克高（Søren Kierkegaard，1813−1855年），汉语也译成：克尔恺郭尔、克尔凯戈尔、齐克果、基尔克果等。

30. 里尔克在1902年9月5日写给妻子克拉拉的信中提到，当他问及艺术创作经验时，罗丹说，“...il faut travailler, rien que travailler. Et il faut avoir patience”（法语：必须工作，只是工作。必须忍耐）。

31. 参见第二卷注释198。

32. 里尔克甚至在1925年10月27日写给少女埃丽卡的诗中化用了弗洛伊德1923年出版的著作《自我与本我》这个书名（参见第三卷注释1384）。

目 录

生前正式出版诗集

宅神祭品[1]

翻译底本[2]

Rainer Maria Rilke, *Erste Gedichte,* Leipzig Im Insel-Verlag, 1913.

校勘版本

Rainer Maria Rilke, *Erste Gedichte*, Leipzig Im Insel-Verlag, 1920.

参考书目[3]

René Maria Rilke, *Larenopfer*, Prag. Verlag von H. Dominicus (Th. Gruss), 1896.

Mit Rilke durch das alte Prag: Ein historischer Spaziergang mit zeitgenössischen Fotografien zu Rilkes „ Larenopfer “, hrsg. von Hartmut Binder, Insel Verlag, 1994.

在旧宫[4]

在旧宫；我自在地放眼
整个布拉格，视野更加广阔；
深深在脚下，暮色苍茫的时刻
以轻悄寂寥的脚步经行而过。

城市渐渐模糊，如在玻璃之后。
清晰地耸立在我面前，只有高处，
如佩戴头盔的伟岸匈人[5]，
圣尼古拉[6]那铜绿色的穹顶。

一道光遥遥映目，在此处、
在彼处，在湿热的城市喧嚣。——
我觉得，此刻旧宫里
一个声音正在说着“阿们[7]”。

在小城[8]

座座旧宅，山墙陡峭，
高高的教堂钟楼，钟声不断，——
进入窄小庭院的，唯有
一小片天空，正眉目传情。

每一根楼梯桩柱上
疲惫地微笑着的，是小爱神；
高处屋顶上围绕着巴洛克
花瓶潺潺流淌的，是玫瑰链。

小小的门蛛网交织
在那里。太阳偷偷阅读着
充满隐秘的文字
在一尊马多娜[9]石像下。

一座贵宅[10]

入口坡宽敞的贵宅：
灰色的光芒在我眼中会是何等的美。
石路面破败的人行道，
而那边，街角，昏暗、油腻的路灯。

一只鸽子垂头在窗栏杆，
仿佛想把窗帘窥穿；
几只燕子筑巢在门廊的空隙：
我称之为情调，是的，我称之为——魅力。

赫拉德辛[11]

我如此喜欢凝望
古老宫城破碎的额头[12]；
孩子的目光已然攀登
到了那里。

湍急的摩道耳河[13]之波
甚至也在问候赫拉德辛，
圣人们在桥[14]上严肃地
向它看去。

更加新式的教堂钟楼，仰望着，
全都望向圣维特主教座堂[15]的尖顶，
恰如一群孩子望向
敬爱的父。

于圣维特主教座堂[16]

我喜欢站在古老的主教座堂前；
飘溢着怎样的霉烂啊，还有腐朽，
每一扇窗，每一根柱
依然在说它们自己的方言。

一座涡卷花饰的房屋蜷伏着，
洛可可的情色在微笑，
哥特建筑坚立在一旁，颤动着
展开干瘦的双手。

此刻casus rei[17]于我变得清晰；
出自古老时代的一个比喻：
这是Abbé先生——他边上是
roi soleil[18]的贵妇。

在主教座堂[19]

仿佛被宝石环绕，远离了
矿石，墙的穹窿在烁闪，
一位圣女，已然棕黑，
晦明在混浊的烛光后面。

被建造得浑圆的天花板上，
一颗白色的银滴明亮地
浮荡在一个天使的头顶，
里面蜷卧着一点永恒的微光。

角落里，金辉

垂入的积尘的团块，
乞丐阶层的一个男孩静静
站着，身裹污秽、衣着破烂。

全部辉光里没有一星祝福
流入他的胸膛……
战栗着、疲惫地向我伸出
他的手，悄声道：“Prosím[20]！”

在圣文策尔礼拜堂[21]

厅堂里每道墙
全是华贵的石头；谁知道
该怎样称呼：无色水晶？
烟黄玉？紫晶？

空间在光的欢舞中闪耀，
发出魔法的明亮，如一个奇迹，
黄金的圣龛里
静息着圣文策尔的骸骨。

空洞的穹顶直至顶点
全然充满了光亮；

金辉沾沾自喜地看着
自己黄色的光玉髓。

观景台上骋目[22]

那里我看见教堂钟楼[23]，穹隆恍若橡子，
却又尖细如瘦削的梨树；
那里横亘着城，城的千个建筑立面上，
依偎着黄昏，正悄悄撒娇。

城辽阔地伸展着黑色的躯身。躯身之后，
看呐，圣母堂[24]的双塔闪耀。
那不正是她在用两个触须的尖端
吸吮着天空的紫色墨水？

建筑[25]

（1）

现代的建筑模式
真的完全不适合我。
这里，这老宅应该有
富丽、宽敞的石露台，

和小小、隐秘的阳台。

宽广隆起的屋顶，
有利于音响效果，
四周砌有壁龛，
屋外惬意的夕阳
向你伸出手臂。

所有外墙都更厚、更坚，
由纯正的方石垒成；——
信夫，我能够领会悚惕，
我在看，在公寓之上，
从狭小、寂静的挑楼里。

小小屋里[26]

（2）

是惬意的，当狂野的风
在壁炉里偷偷呼啸的时候，
置身小屋；全然轻微地
嘀嗒不停在巴洛克窄橱上，
带有圆柱的立钟。

那里，小小的剪影
显示出卷发老旧的华服，
窗的深处立着一件外套，
被忘怀的声音停滞在
被遗弃的斯皮耐[27]里。

灵修书依旧放在
桌上，书的灵
将老老少少振奋，
壁龛上的箴言
写着："愿你的旨意成全……"[28]

魔法

（3）

时常我看见隐秘的小屋充满生气，
墙壁正如此生动地讲述；
一位可爱的少女，依然半是孩子，
在里面向马多娜举起双手。

一个优异的青年站在父亲旁边，
父亲已为家庭的利益付出众多。
他们低语着开始晚祷，

母亲使纺车变得安静。

那时我感到，目光恍然变得湿润，
甚至包括画框里的马多娜的。
我偷偷听见：被父亲的低音嘹亮地
充满的，那使慰藉人的：“阿们”。

另一个

（4）

儿子迈着沉重的脚步走近
父亲。舌头也沉重……
“真的吗，什么，新娘子，年轻的?!
快点儿，只管进来吧!”

少女此刻第一次站在
那里，羞红而娴静；
父亲擦亮眼镜：
“见鬼！你的选择是好的!”

他张开双臂，
新娘子尴尬地接受
他的吻和他的祝福……

这些都被老宅记得。

还有一个

（5）

这些也进到金发少年
林中湖一样纯的心，
像一个对于大幸或者
大悲的幽暗的预感。

母亲停下糕饼轮——
“孩子，是什么让你痛苦？”
暴风雨般啜泣着，少女在沉默：
但是两人互相理解了。

不久：年轻的先生
敲打小门。——“你们想要对方吗？”——暂停。——
当然！——要不谁还来求问？！——
这些就发生在老宅里。

最后一个

（6）

寂静的是今日的小屋。白如石灰的
是小媳妇的面容。疲惫而无声的
是她湿润的双眼；半无意识地
她依偎着父亲的灵柩台。

一旁她的丈夫再也
没有丝毫办法安慰她；
这时正悄悄握住她的双手，
严肃而乞求地看着她。

“娘亲啊，收下这束花吧！”
门口朗朗传来小男孩的话；
一丝微笑闪烁过她的哭泣，
一个安慰穿过老宅。

挑楼斗室里

（7）

不去看每日的繁忙，
我逃逸——宛若是一只鸵鸟——

逃入古老、古老的房里；
然后我不再透过厚厚的
镀铅玻璃久久向外看去。

朴实是父辈播下的种子，
幸运是他们找到的果实；
就这般梦着坐着，过若干时刻，
在那里，在圆形的软垫椅子上，
在祖辈的家具中央。

十一月的日子

寒冷的秋能够将日子绑缚，
能够缄默日子的千声欢呼；
十一月雾里的丧钟呜咽，
在教堂钟楼上，高而特出。

湿漉漉的屋顶上，白色的雾光
恹恹欲睡；烟囱壁里
狂风用冰冷的手弹奏出
一支丧歌的终曲八度音。

在街边小礼拜堂[29]

在圣洛雷托，一根蜡烛点燃
在街边小礼拜堂的画像前；
花萼五彩的铁皮花
紧紧贴在壁画的四边。

圣者们露出厌恶的神情；
因为狂风那匆促的男孩，对
他们毫不留意；蜡烛在洛雷托
虔诚地望向暮色苍茫的安息日。

修道院[30]

暮霭焚燃中
城已然融化，
高高耸立着
迦密会修女的家。

黄昏举着火把
蹦跳着顺坡而下，
将千种色彩
绕在每一根窗栏。

黄昏装饰着昏黑的屋
徒劳地以浅亮的辉光：
墓碣上新鲜的花环
看上去也是这样。

在嘉布遣会修士身边[31]

守护父[32]曾经
在修院烧酒中将我邀请；
我认识他，他衣袍暗红，
能把一切死人唤醒。

守护父找到钥匙，小小的，
在发蓝的[33]麻衣衣角，
那珍宝，他亲手酿造的，
被他从圣物匣[34]里取出。

斟满之后，他肥肥地笑，
然后说："静息在圣物匣的骸骨，
如今已归于尘土[35]，
但它的灵在我们心中——永驻！"

黄昏

寂寞在最后的房屋后
红红的太阳进入睡眠，
庄严的终曲八度音里
白昼的欢呼渐渐隐散。

调皮的光们天晚依然
在檐角上玩着捉迷藏，
而黑夜已将颗颗钻石
散播在了蓝色的远方。

雅・伏尔赫利茨基[36]

倚坐在舒适的扶手椅上，
我时常将不幸忘记，
卷曲的菊花疲惫地颔首
在高高的威尼斯玻璃瓶里。

我读着一卷诗集，
弥久；光阴何竟飞逝！
此刻在黄昏的余晖里我才
幸福地将它从手中放下。

我觉得，众神的那些疑难
此刻我已经探听到了答案，——
醉我的，是菊花的幽香，
还是伏尔赫利茨基的书卷？

洛雷托的十字回廊里[37]

古老的十字回廊，一片静寂，
越过卷曲的阿拉伯风格圆柱花饰
充满隐秘的圣者像
在半模糊的湿壁画中俯瞰。

一位醒着的马多娜，被人画出
这许多满被圣宠的得救奇迹，
闪耀在圣龛的灰色玻璃之后，
身穿撒满银光的丝衣。

晚夏般的头发紧绷在黄金的叶片上
同样在外面洛雷托的教堂庭院里，——
一幅丁托列托[38]风格的画像前
幸福而恬静地站着一对年轻的爱侣。

年轻的雕塑者

我必须去罗马；一年后我会
带着荣誉返回我们的小城；
不要哭泣；看呐，我所爱的姑娘，
我会在罗马完成我的杰作。

他说了这些；然后陶醉地离去，
遍走那个他所想望的世界；
但是他感觉，他的灵魂时常
听到一个内在的谴责。

异常的不安驱使他归家：
他用湿润的目光塑造了
棺椁里他可怜、灰白的爱人，
而这——这就是他的杰作。

春

众鸟欢呼——被光唤醒——，
蓝色的辽阔被音响充满；
御苑里古老的网球场[39]
全然被花朵覆盖。

阳光满怀期待地书写自己
在青青的草地以巨大的字体。
只是一尊阿波罗石像依然
在枯萎的叶下哀哀地叹息。

一缕微风临近，舞蹈着
掠过黄色的叶缘，
为石像闪亮的头顶加戴
渐渐湛蓝的丁香花冠[40]。

土地与人民

……上帝心情好。吝啬
根本不是他的做派；
他微笑着：波希米亚
会因千种魅力而富贵。

麦子卧在山与山之间，
如凝固的光，如高大的林，
树，被累累果实
所压迫，索要着支撑。

上帝赐予茅舍；羊蓄满了

栏圈；村姑健康得
几乎涨破她们的束腰。

请赐予一切正派的少年
粗糙的拳中有力量，
心中有——故乡谣。

天使

我穿过马尔法金卡[41]去看
儿童之列，那里温柔而安好
小安卡或者宁卡
在她最后的小床里安息。

一个狭小的土堆上
跪着，隐在高高的罂粟里，
破损的翅翼积满尘土，
一个粗糙的陶土小天使。

这个跛翼的小孩引起
我的同情，——可怜的小东西……
那，看呐！从他的唇间轻轻
离开一只小小的蝴蝶。——

万灵节[42]

1

万灵节之日，周围
遍满伤悲与花香，
百种色彩的烛光郁积
在安静之地的风里。

今天他们寄送棕枝和玫瑰；
园丁把它们按照意义排列——
而那些衰老枯萎的花被他
清扫到无信仰者的角落。

2

“现在祈祷吧，威利，——别说话！”
男孩大睁着眼睛听从了。
父亲把木樨草花环放在
他可怜的老婆的坟头。

“母亲睡在了这里！画个十字吧！”
小威利仰望着，遵从了

父亲的吩咐。唉，他这时后悔
曾经在路上禁不住大笑！

他眼中感到刺痛——仿佛在哭泣……
后来他们回家，走在夜里；
全然严肃而缄默。小男孩骤然
被出口处货摊的华贵吸引了。

透过十一月的雾闪烁在对面
那些明亮光闪的小玩意儿；
他看见小马、头盔、战刀，
于是悄悄吻着父亲的手。

父亲明白了。后来继续前行……
父亲看上去是如此哀伤。——
但是一个姜饼骑士
被威利幸福地吃力扛着回家。

在夜晚

寥廓在布拉格上空，庞大地
升起了黑夜的巨大的花萼，
在黑夜冰凉的花的子宫里

太阳蝶隐藏了自己的闪烁。

月亮那狡黠的地精在高处讪笑，
戏弄地将缕缕
白色的银屑
撒入摩道耳河。

但突然，好像受到侮辱，
月亮召回了光线，
因为它觉察到竞争者：
教堂钟楼上明亮的表盘。

黄昏

黄昏临近。——在额头清澈的
部位装饰了一个金头环，
并以千只阴影的手偷偷
抓住红色的冠冕。

最初的、苍白的星停止
与它调情；它高高站在赫拉德辛上，
带着庄重的梦者的神情望着
教堂的钟楼与灰色的山墙。

在卧尔山[43]

万灵节的黄昏

1

枯枝栅栏一样覆盖着
天空黄昏而苍白的玻璃；
坟茔的上空，富贵地点缀着
金属亮片，伤悲在行走，烛光
在颤抖，穿过叶的飘零。

静止不动的疲惫的蓝天里，
月亮在远处泳游。生命树[44]，
黑黑的，爱抚着月亮
闪亮的额。香气从枯玫瑰里
悄然而来，如死去的梦的魂灵。

2

车道上遥远的嘈杂。——
此处萌生着安静与忘怀，
两棵墓柏之间
悬挂着月亮，如一面锣。

永恒此刻不正轻轻
以黑色的槌敲击着锣?
一个大理石天使惶恐地
望向晚秋之夜的眼。

冬晨[45]

瀑布已经冰结,
寒鸦僵硬地蹲在池边。
我美丽的爱人双耳通红,
盘算着一个恶作剧。

阳光吻着我们。小调式的一个音
迷于梦地浮飘在枝丫间;
我们继续行走着,所有毛孔
都被清晨力的馨香充满。

泉

全然下落不明,那古老、
优雅的泉诗,
特里同[46]的海螺壳裂隙里,

一道清泉口齿不清，
因它将语言借给了小巷。

黄昏时手摇风琴旁
聚集了一对又一对，
因为泉水可爱的光
与声响是甜蜜的征兆，
属于深藏着的偏爱。

不过后来流水一阶阶
上升着穿过人的辛劳，
却没有一对出现：神祇于是
染上了厌女症；铜绿悄悄
爬入贝壳，——而他却沉默。

斯芬克斯[47]

他们发现她，头盖骨已碎成两半，
僵硬的手里是滚烫的钢管[48]。
众人目瞪口呆。——直到救护车
把她送到黄色的[49]市医院。

只有一次她把眼睛睁开……

没有证件，没有名姓，只有一衣，一头巾；
后来医生来了，问着谨慎的问题，
后来牧师来了。——她一言不发面色灰白。

但是夜里很晚时，她想说些什么，
承认些……但是大厅里无人听见。
一阵咽气声。——后来被抬了出去，
她和她的疼痛。——外面未立任何碑。

梦

黑夜到来，富丽地以金镶玉嵌
装饰着蓝色衣裙的衣边；——
她[50]温情地用她一双马多娜的手
递给我一个梦。

后来她离去，去尽她的责任，
步履轻悄地离开城市，
将病孩子的灵魂，作为
梦的饷金，带到了对面。

五月的日子

静一静！我在听风怎样
在旷野轻轻蹦跳而过，
太阳怎样将光辉
与丁香的花相编结。

一派寂静。只有一只鼓胀的
青蛙在继续追猎蚊子，
一只甲虫在苍穹里泳游，
一块生气勃勃的绿宝石。

树丫间蜘蛛母亲编织着
银色的菱形，一寸又一寸，
而世界，双手满满的
是花的百牲大祭[51]。

黄昏王

如同从前伯提沙撒王[52]临近，
额头因王冠的圈箍而明亮。
黄昏王踏入世界
一身紫色的盛装。

第一颗星就像引领那人一样
领他一直来到最远的山冈；
他在那里发现夜母亲倚坐着，
臂弯里是她的孩子——梦。

他就像那位博士一样带给梦
东方的黄金，积聚成堆，——
那黄金，被那孩子悄悄地
一边溶化一边滴入我们的睡寐。

街角上

冬天来了，也一同来了我的老大娘，
她一直在街角上油炸着栗子。
她的面庞在头巾的一道裂隙里张望，
欢快而健康，那面庞许多年来
穿行在皱纹上也穿行在皱纹旁。

她能干吗，是的，我就这么认为；
包装袋必须干净，货摊上的
灯必须始终明亮，
那只曲腿的炉子
她严格要求它尽滚热的责任。

一边煨着栗肉，好得无谁能比。
一边留意着，路上行着谁。
她认识所有人——包括拉轨道车的矮种马；
她油炸栗子已经多年，这个老冬妮……
她的炉灶悄悄哼着自己的歌。

诸圣[53]

大大小小的圣人
受列位教民欢庆；
木雕与石刻的、精致的
大大小小的圣人。

圣亚纳[54]与圣佳琳，
她们在梦中向他们显现，
他们为自己建造她们、侍奉她们，
圣亚纳与圣佳琳。

文策尔[55]我也依然承认他，
因为他们很少将他约请；
由于少有价值的太多——
那么，圣文策尔我承认他。

不过这些奈波穆克[56]啊！
从大门穿廊的老虎窗里露面，
在一切桥上出没，
正直的、正直的奈波穆克！

穷孩子

我认识一个小女孩，面颊
消瘦。——母亲是一块轻柔的
头巾；父亲的咒骂
是她学语的第一句话。

贫穷多年对她保持忠诚，
饥饿是她的节日小礼物；
所以她严肃。——春的黄金
徒劳地流入她的头发。

她在树篱中哀伤地
远望鲜花微笑的脸，
她想：万灵节
也有花朵与烛蜡。

春来时

第一批胚芽，柔弱，
在金色的微光中萌发；
第一批宝马香车已出现
在御林园[57]。

候鸟再次聚集，
齐聚在旧地，
很快唱诗班也开始合唱
在御林园。

春风用新的方式吐露出
一个个古老神奇的童话，
第一对爱侣梦着，在外面，
在御林园。

当我大学时[58]

回头看去，年月一个又一个
如此艰辛地滚滚而去；
现在我终于成为我所渴望
我所追求的：大学生。

我计划首先学习“法律”；
但是我轻松的心情畏惧于
严谨、积尘的《学说汇纂》[59]，
所以计划变成了空想。

我的爱人禁止我学神学，
我也无法让自己投身医学，
于是乎对于我孱弱的神经
留下的只有——哲学研究。

alma mater[60]向我递来
自由艺术的华丽注册表，——
而我也从未成为硕士，
只成为我所追求的：大学生。

superavit[61]

一个坚定的行动其轨迹
永远不会全然消隐；这已表明
在康斯坦茨的火刑堆；
因为千次火的洗礼中
无损地升起了高贵的精神。

一直耸立到我们面前，
非凡地，改革家胡斯[62]，
我们畏惧学说之火，
我们在战兢的敬畏中
屈身在天才的脚下。

他，被审判谴责的人，
心中，幽深而纯洁，
因自己的职责而坚定，——
高高的柴堆燔燃着
他荣耀的光焰。

纵然

有时从墙上书架里
我取出我的叔本华[63]，
他称这个存在为一个
“充满悲哀之囹圄”[64]。

即使他是对的，我也未丢失
什么：在囹圄的寂寞里
我唤醒我的灵魂之弦，
幸福如往昔的达里波[65]。

秋兴

空气温暖，如同置身在死屋里，
死神已经静静立在门前；
湿漉漉的屋顶卧着一道苍白的微光，
如同即将熄灭的蜡烛。

雨水在流淌中发出咽气声，
衰疲的风坚持着为落叶验尸；——
碎云惶恐地穿行在灰色里
仿佛一群被惊起的沙锥鸟。

致尤利乌斯·泽耶尔[66]

你是大师；——或早或晚
你的人民会紧挽你的凯旋之车；
你赞美他们的行为与他们的传说，——
你的歌谣里飘出了故乡的长天。

你的人民行事正直，——他们的手，充满
疯狂鼓胀的往昔，并不闲在怀中，
他们今天仍在战斗，仍不得不熟练地斗争，
骄傲于他们自身，骄傲于他们的祖先。

你的人民还不曾得以
将他们的理想安置在众星，
那些星不可企及，耀闪着渴望；

但你在提醒，作为真正的东方人，
即使在搏斗中也不该荒疏
阿尔罕布拉宫里的艺术[67]。

梦者

1

曾经一个梦，在我灵魂深处。
我凝听着这个妩媚的梦：
我在沉睡。
恰恰在我在沉睡时，一个幸运经过，
而那时我在做梦，我没有听见：
它在呼唤。

2

梦于我恍然如兰花。——

如兰花，梦五彩而华贵。
生命汁液的巨大枝干里
梦如兰花抽出自己的力量，
自夸着吸吮的花朵，
欣喜在匆逝的寸阴里，
下一刻就将死去变得惨白。——
世事在上方悄悄行走，
你觉得那不像馨香轻浮吗？
梦于我恍然如兰花。——

母亲

向上，剧院的入口坡
宝马香车辚辚驶入，
一旁，昏暗的街灯下
懊恼地站着一个老妇。

只有牡马骤然受惊，
她才会大吃一惊；
人潮中没有一人
看见街角的老妇。

回忆着新的“女大牌”，

人们只在谈论她。——据说，
一个伯爵的好意，使得
她的才能华丽地开花。

后来。欢呼的风暴翻涌
在众小号的结束音里……
而外面那位老妇依然
秘密为她的孩子祈祷。

我们的黄昏行

你可还记得何等惬意地
我们漫行在努斯勒谷[68]；
两只小小的蓝蝴蝶
在脉脉斜晖里翩舞。

那里甜瓜依偎着
小屋——如在道[69]的一幅画里，
查理宫[70]头戴穹顶王冠
华丽地升起。

麦浪在西边依然金黄，
卷心菜青绿地暗晦；

最初的白色的星形花序
战栗在天极周围。

卡耶坦·狄尔[71]

欣赏置于波希米亚民族志展览中的他的小房间[72]

这里就这样贫穷的狄尔
将他的歌“Kde domov můj”[73]写就。
现实是：谁得到缪斯[74]的钟爱，
谁就得不到生活太多的给予。

一间斗室——对精神的飞翔而言
并不太小；对休息而言并不太大。——
一把椅子，作为书桌的一口箱子，
一张床，一个木十字架，一只壶。

他却不为千个金路易[75]而离开
波希米亚。以每根肌肉纤维
他牵挂着他们。——“我甘愿留在，”
他曾经说，“kde domov můj”。

民谣

波希米亚的民谣
让我如此地感动，
悄悄潜入了心灵，
它使得心灵沉重。

拔草在马铃薯地里，
一个孩子轻轻歌唱，
夜里你晚来的梦中，
他的歌依然在回响。

纵使你已经远离，
离开故国去游历，
多年以后你还会
一次次蓦然想起。

民歌

取意利布舍尔先生的纸板速写[76]

守护神是如此柔和地
将手放在小伙子额头，
使得小伙子以爱的银丝

缠绕了他至爱者的心。

此刻小伙子甜蜜地忆起
母亲口中传出的一切，
以自己内心的乐音
充满自己的菲德勒[77]。

爱与故乡的美
压着他手中的琴弓，
他的音符如花雨
轻悄落入大地。

伟大的诗人们，陶醉于荣誉，
他们倾听着这支朴实的歌，
虔信得就像那个民族昔日
倾听西奈山上上帝的话[78]。

乡村礼拜天

客栈里油亮的地板上
青年人摇摆着，清新而喧闹，
小伙子的手，因老茧而坚硬，
握着金发姑娘的手，亲昵；

喝着啤酒兴高采烈的乐师在演奏
《被出卖的新娘》[79]里的一首歌曲。

“干杯！今天我要给你们发薪水。”
那个教区牧师。喜欢活泼的灵。
当他跳完舞吩咐
那些小妖精到他的桌边时，
黄昏已来到屋外，金黄，
大笑着穿过所有的窗，放荡。

我的生屋[80]

童年亲爱的家
没有逃离回忆，
家里有蓝绸的沙龙，
我在里面看连环画。

家里有玩偶的衣裳，
华丽地镶着粗银线，
让我感到幸福；家里有
“算术”，使我热泪奔涌。

家里有我，跟随一个朦胧的

呼唤，将诗歌阅读，
在一个窗阶上
玩有轨电车或者船。

家里有一个小姑娘始终向我
招手，在对面的伯爵府邸……
那时闪闪发光的宫殿，
今天看上去如此睡眼惺忪。

而那个金发小女孩，那时小男孩
向她抛去飞吻，她哈哈大笑，
如今她已离去；轻轻地休息在远处，
在她永不再微笑的地方。

In Dubiis[81]

1

迄今没有任何声响传到我耳中
从那些民族的野蛮争战里，
我真的毫无任何立场；
因为正义既不在彼也不在此。

而我从未忘记贺拉斯[82]，
所以我对一切世界保持善意，
我坚信不移，坚信那古老的
aurea mediocritas[83]。

2

他在我心中显得最伟大，
他不向任何军旗宣誓，
因为他脱离了一方，
如今他属于全世界。

世界是他的家；家乡的磐石
他也并不觉得渺小；
因为祖国，在他心中
就是家乡之地的他的家。

野蛮人

我记得有一座巨大的林苑
在那里，在城市消失的地方；
此刻长斧啃噬着它的骨髓，
他们说：它被分成小块土地。

这就是克拉姆-加拉斯王家林苑[84]，
它要让出地方建廉价公寓区，
它曾像帕拉丝[85]的一片幼林
充满低语不息的神谕。

此刻他们这些无法成圣[86]的人，
在侵占俗人看不见的地方：
时代的喧嚣正淹没
皮提娅[87]口中的神语。

夏天黄昏

巨大的太阳在喷射，
夏天黄昏发烧倒卧，
灼热的双颊炽红。
他蓦地叹了一口气："我宁愿……"
又叹了一口气："我如此疲惫……"

灌木丛在连祷[88]，
萤火虫一动不动，垂挂
在那里，仿佛长明灯；
一朵小小的白玫瑰
带着一片红色的圣光[89]。

被处决者

“环场”[90]上昔日立有一座断头台，
事情已经久远；但是在圆月
以光亲吻着市政厅的时候，
被处决者的幽灵就排成行，
缓缓走出圣泰恩教堂[91]……
　　　　　　　　　　　　　　哀哉看见他们的人！

许多先生栽倒在环场；
这些先生找不到安宁；——
他们行进在一个夜里：走在前方的
是我主基督，高大而明亮，
神情凝重而哀伤……
　　　　　　　　　　　　　　而一个人看见了。

这人是位画家[92]。他飞速地，
画出他望见的环场。
他画整个幽灵行列，
画我主基督凝重地走在前方。
他画……直到一场热病找上他……
　　　　　　　　　　　　　　如今他死了。——

云彩的童话

白昼带着温软的声音终结，
恰如一声锤击渐渐消隐。
月亮巨大地卧在山坡的草丛，
如一颗黄色的金甜瓜。

一朵小云彩想要偷吃它，
最终得以抓住
明亮的圆的一两寸，
小嘴塞得满满的，飞速地咀嚼。

云长时间留在逃跑者身上，
以光完全将之吸住；——
当黑夜举起那金黄的果实时：
云变成了黑色，了无影迹。

自由之声

波希米亚人民！你们中间
一个新的守护神唤醒了
古老、灼热的自由之歌，
这些歌不是浅唱低吟，

而是在提醒你们必须完全
砸碎你们的镣铐铁链。

这些战争诗人在诱人地
鼓吹；你们可以用你们的
愤怒，人民，捣碎那些
法律的大理石花瓶，
但你们不可以用他们的词句
建造自己的未来。

深深沉入心脏与思想里的
是真诚期待着的歌曲的种子，
你们感到你们的诗人珍贵，
因他们，一个阳春，一个崭新的
阳春萌生。——什么浴火仍存，
什么就能点燃你们的行动之火。

夜景

剧院的入口坡上
也一点一点清静。——
一盏虚荣的弧光灯自顾
在一辆出租马车车顶。

空旷的人行道上，灯光
在颤动。——那里房屋上
芒萨尔屋盖[93]明亮的缺口
不正像哭红的眼睛？

在Smíchov背后[94]

身披灼热的夕阳红，离开
工厂的那些女子、男人，——
他们卑微、蒙昧的额上
是汗水与煤炱写下的穷困。

神色漠然；眼睛
上翻。脚掌在路上沉重地
吧唧有声，尘土与喧哗
如同厄运尾随着他们。

夏天里

夏天里一艘小渡轮载我们
在摩道耳河波涛上去往Zlíchov[95]的
那座高耸而空闲的小教堂。

蓝色的雾里Smíchov在消隐；——
右边是因酢浆草而棕色的平原，
左侧是骄傲的“罗蕾莱[96]”。

我们靠岸；于是看呐，一位老者
摇着风琴向我们问候：“Hej, Slované!”[97]
后来我们靠在灵安园[98]边缘。
天空华丽的矢车菊在高处湛蓝，
我们的梦，被一只飞蛾
用阳光的翅膀向它托去。

柯尼希察尔教堂墓地[99]

（aula regis）

教堂司事开锁打开铜门。
站在花前你看不见陵墓。
阳春遮掩着死者的
面孔，以开花和芬芳；
如一首悼亡颂诗，
一只柳霄[100]升入风里。

我们二人都看见了它，我们沉默……
周围仲夏的光在欢庆，

丁香丛中苍蝇在嗡营。——
一颗颅骨紧贴在我们面前；
颅骨空空的眼里
枯萎地升起勿忘我。

守夜祈祷[101]

1

灰黄的田野已然安睡，
只有我心独然不眠；
黄昏已然在港口
收起它的红帆。

幸福在梦中的守夜祈祷啊！
此刻夜正缓步穿过大地；
月亮，那白色的百合，
盛开在夜的手里。

2

我靠着斗室敞开的窗，

梦着上升到夜的里面；
月光银缕丝丝缠绕
在黑黑的教堂钟楼柱头。

纵然罕有世人从远处
透过狭小的庭院看向房屋，——
十颗星的光也会充满
一个完整幽暗的生命。

3

仔细听，夜的脚步
消逝在辽阔的静寂；
我的桌灯啾啾，
悄如一只促织。

金黄地在书立上
炽红着卷卷书脊：
那是墩柱支撑着桥
通往仙子之境。

4

她，半是孩子，曾经一个夜里
在死去的娘身边度过，
哭泣过，不眠过；——
后来流走一年又一年，不知不觉：
她从未想起那一夜。

后来来临了另一个夜。
为炽情与罪愆所点燃，
红色的唇发出欲望的笑，
但突然——仿佛借助更高的权能
她忆起了那个守灵夜。

最后对太阳的敬礼

赋伯内什·克尼普费尔的一幅画[102]

威严的太阳，在溶化，
灼热地进入白色的海。——
两个修士坐在海边，
一个金发一个头白。

这个在想：若我当时小憩，

如今就会得到宁静——
那个则想：荣耀的光华
应将我的死亡分别为圣。

鲁道夫皇帝[103]

高高地在司天台上
钻研着一张星图的
是鲁道夫皇帝，
在研究是否这期待已久、
愚弄了众贤士的飞星，

会掠过这个地方。
他询问那位占星士，
那位通晓高高天穹上
一切变化道路的人：
“将遇不吉之所欺乎，

“凡遭此星裹入其
全无救药之轨者？”
那位老人悄悄避开他，
答道：“星行一己之轨，
我主，于遥遥苍天之国！”

贤士向着南方看去；——
皇帝望着自己天球仪上的
星轨，严肃而面色惨白。——
从南方来了厄运，
来了马提斯。——他急急

继承到的只有赫拉德辛；
皇帝带着酸涩的嘲讽
说：“朕一无所存，除却死，
因朕已为‘其’所戮。
老者！且与朕举目仰望。

“尔语信矣，众星移行，
高高乎一切尘世禁令；
然则——孜孜求之者，
犹以一己晦暗之人生
与彼光明之运数相系也！”

三十年战争录[104]

卡罗风格炭笔速写[105]

1　战争

世界变得黑暗了，
所以快快点燃村庄吧！
世界是灰色的；——所以
用杀戮把世界染红吧。

农夫啊！你想活命吗？
留着吧！但你要跟我们走！
主上帝只是为我们的缘故
才赐给你女人和公牛。

让魔鬼去耕田吧；
看呐，我们总是有足够，
前进吧，我们有足够
给新兵喝的满罐的酒！

2　alea jacta est[106]

“……死命还是卖命！”

快把军鼓扔过来吧，
现在。鼓面上
骰子已经滚动。

这就是酬答，
跟我们找打的酬答。
看呐，这棵树，果实
结得多么丰硕！

你也早就该
挂在上面，伙计！
你就是挂上去，
也不会太可惜！[107]

3　佣兵歌

赤身躺在军鼓上，
几乎没有两拃长，
军鼓的节拍粗糙，
是我的摇篮曲调。

那时我满是愤怒，
野蛮得只会骂娘，

我喝的奶水，
都在火药角[108]里装。

那时下士还好好地给
每个人施洗；他揪住每个人的
乱发，把瑞典人的血[109]
热热地浇在每个人的头上。

4　佣兵军阶

我们中的所有人，
不按血统论出身，
刀剑就是军阶，
勇气就是家纹。

谁一直能勇敢拔剑，
谁的盾就不受羞辱，
谁昨天还军中浴血，
谁明天就会成爵爷。

5 于修道院

怎么啦？——一扇修道院小门？——
天，妙极了！
这种门
不用废话，用鼻尖
我就能撞开它！

门上有个结实的封印……
神父，过来！
马上把你的破烂儿交出来，
几个圣体匣、几个
圣餐杯什么的：我们是虔诚的。

你就答应了吧：Peccavi, pater……[110]
你喝酒的灯
就让我们来保管吧，frater[111]，
到那儿你就会是我们的建言者、
我们的“属灵导师”！

6 叙事谣曲

昨天野蛮的乌合之众

带着杀戮行军过了小村，
此刻一个少女正静静思忖：
至爱的他不忠了吗，
为什么今天他还不来呢？——
寒鸦声声村外。

少女两颊惨白
穿过房屋。——她久久地渴望，
那一夜睡眠躲避了她。
她缓缓走出去，走在山坡，
她一直与珍爱的他见面的地方。
寒鸦声声忧虑。

夜是黑色的，闷热而抑郁，
远处只有一座磨坊在燃烧……
衰疲的姑娘一边哭着一边
挑最嫩的青草为自己铺床，
沉沉睡去在纯粹的苦痛中。
寒鸦声声依旧？

后来她醒来。雾气灰灰
在周遭——双眼能看到的……
痛哉！——她以为是青草的，
竟是她亲爱的他的头发，

他的头血肉模糊已经破碎。——
寒鸦声声惊惧。

7 掷出窗外[112]

“背叛正以轻悄的脚步临近，
仇也未得雪洗，马多娜做证，
不要留下他！按老规矩[113]
弄到窗外去！”科隆纳大声喊。

“爱惜鼻屎去吧！还有其他人，
每一条阴险的毒蛇，
叫他们游荡到窗外去吧！
同情？——一起扔出去，这个普拉特！”

马蒂尼茨依然害怕地
挂在窗框上。——张口呼噜着：
图恩抡起剑，用剑柄
砸碎了他的指关节。

问下一个人：“说，怎么称呼他？
波希米亚的主人？你该给我解释清！”
“图恩伯爵！”——“市长

要让所有钟都敲响！”——

8　金子

“你的衬甲，亲爱的，装满了金子。
你是从哪里弄来的？”——
“你瞧啊，小乖乖，这是我的军饷，
没有上校会拿得比这多！”

“不对，这是上好的赤金，
不可能是你的军饷！”——
“赌博的时候幸运青睐我，
所以这些全是我的！”

“真的全是你的——这些金子，
招供吧，——没有半句谎言？”——
“如今，骰子转到了我这边儿，
现在满意了吧！”

“你也会把这些金子分给我？”
“当然啦！”——“别，你个臭流氓，
就在这个地方，看呐，我要，
要你给我装满你的头盔！”

“包你满意！”——“它们是这样跳过指缝，
金光让我感觉真好！——
—— —— —— —— —— ——
瞧，什么沾在你手指上了，
是金子上的吗？——血！”——……
—— —— —— —— —— ——

9　戏一场

“你跪在路标前了，老丈，说吧！——
这并不是圣像！”
“不是？——我在祷告。——抓着我的
命运竟是如此野蛮。”

“你没有屋吗？你没有地吗？
地是需要你的双手的。”
“地被踩烂了，屋被烧毁了，
看那边——肯定——还在冒烟。”

“为什么你儿子不再盖一间？
不帮你脱离穷困？”
“儿子打仗去了，
现在想必已经死了。”——

“为什么你女儿不用手轻柔地
拂去你头上的雪花？”——
“女儿被一个辎重兵玷污伤害，
跳进池塘自杀了。”——

“那么请看我的脸！——你的心
也因怵惕而破碎……”
—— —— —— —— —— ——
“我不能了，大人，一个佣兵
已经剜去了我的两只眼睛。”

10　火百合

冬季，树丫已经绽裂，
溪流却无一能够冰结，
因为血的潮水总是
重新使它们脉搏激烈。

一旦时候到了，万花
苏醒，百鸟争鸣，
白百合就会红透地
跃出死亡施过肥的土层。

11　于弗里德兰[114]

离开战场战斗，返归故乡，
官兵们个个心中欢畅；
因为那位华伦斯坦啊，
重掌了布拉格的朝纲。

正是他使图恩自由行动[115]；
那位图恩是他王牌中的
一张。——此后嗤之以鼻成了
时尚……在那边维也纳的朝堂。

随他们谩骂吧。弗里德兰的军队
一定不会口干舌燥，不会辘辘饥肠，——
使奴仆们成了王侯将相的，
除了我们的公爵，谁还更能这样？

12　和平

布拉格诞生了战争这个
畸形儿，这个充满诡诈地
隐匿着的战争。——战争死在了
查理大桥上[116]，时年三十整。

断剑最终只是留下
一道划痕在农田上，
火焰从教堂钟楼遽然
返回到惬意的炉中。

于吴苏乐修道院[117]

中午就去吴苏乐吧，
在给穷人们送去饭食的时候，
你就会看见，神情疲惫地
穷困签下自己的名姓。

你就会看见，那些额头早已
被痛楚的铁环围绕，
那些脸颊，被粗麦粉的汤汁
淋上了虚假的绯红。

你就会听见，低声的感谢语
时而伴着咒骂，时而伴着祈祷：
就这样冲击着修道院的入口
这世界的整个困苦。

童年偶拾

夏日在“郭尔卡”[118]……
我，还是个孩子。——轻轻地，
客栈里传来波尔卡[119]，
空气里阳光沉重。

这是礼拜天。——海伦妮[120]可爱地
在给我读故事。——耀眼的光芒里
云在移行，就像天鹅，
安徒生童话里的那群[121]。

黑黑的云杉就像守卫
站在草地五彩的珍宝旁；
阵阵笑声从大街涌出，
一直传到我们的树荫。

墙外几声响亮的欢叫
引诱着我们两个：
一对又一对，穿着盛装
从下面经过，跳着舞着。

五彩而幸福，小伙子与Holka[122]，
幸运与阳光写在脸上！——

夏日在“郭尔卡”，——
空气中充满了光……

拉比洛夫[123]

“智慧的拉比啊，高贵的里法[124]，助我们脱离困厄之罚吧：
耶和华今日赐我们子嗣，死神明日又劫走了他们。
Beth Chaim[125]里已经容纳不下成群的孩子，也几乎没有殓尸人
去安葬另一位新死的；拉比啊，这就是我们的艰辛。”

拉比说：“速速为我找一个Bocher[126]来。”——
于是乎：“你可敢今晚一个人去Beth Chaim？”
“谨遵您的吩咐，智慧的大师！”——“善，听好了，半夜的时候
所有亡童的灵魂都会在灰色的墓碑上小心跳舞。

“你要藏在那里祈祷，在恐惧压制了你的心的时候。
摘除恐惧吧：大胆地从离你最近的孩子身上抢走殓衣。
抢走，——用飞的速度带来，带来给我！听清楚了吗？”
“照您的命令去做，大师，我做！”答语瓮声瓮气。

* * *

夜半，月华，——
……面色死灰的Bocher
颤抖着冲过大街，
手中的衬衣，白色。

当此际……是他的脚步声吗？……
骤然，他扭过惨白的
脸：哀哉，那具童尸
紧随着他，眼含祈求：

“……给我麻衣吧，没有麻衣
那些灵魂不许我进去……”
而那个Bocher，半出于理智，
最终将麻衣递给了他的大师。

那个亡灵已然哀哀地靠近……
“说吧，为何数日之间死亡
过百？——孩啊，你必须说，
否则你不可以提早离开此地。”

拉比这样说。——“哀哉，哀哉，”
亡灵呼道，“我们族人中

有两人玷污了婚姻
贞洁的圣坛之火！

“这是他们的名字！——莫要找
导致你们死亡的奇异的原因……”
这时拉比将殓衣递给
男童：“安息去吧！”

*　　*　　*

五月青青，从夜的圣杯里
升起了白昼，散发着玫瑰色的光，
拉比立即开始了审判，——
无罪者感受到了解救。

以律法之鞭笞
拉比在罪人的额头烙上记印；——
慢慢地每个罪人的头脑摆脱了
沾染着诅咒的诱引。

几对人出现在那里，
满带感恩，感谢上帝的宽免，
智者拉比为他们祝福。——
欢喜在一切人的脸上。

只有那个Bocher，面色惨白，
陷入了高烧，反反复复……
但是很久不再有人
向Beth Chaim运去童尸。

老钟[127]

不久你，古老的市政厅钟啊，
不久你就会永不指示时间；
他们不久就会在古老的铁中
碎裂你最后的轨迹。

吝啬鬼就要最后一次
摇一摇头，倔犟而固执，
死神就要最后一次
晃一晃镰刀，目光呆滞。

然后雄鸡也会最后一次啼鸣。
但今天雄鸡依然在啼叫，声音嘶哑；
吝啬鬼依然点头离去，死神陛下
更轻悄地临近了他。

战斗

1

滚烫的誓言，伤悲而压抑，
轻轻流出青春的唇，
金发孩童变成慈光修女[128]，
犹在一夜之间。

青春的生命之波从此
流过病房，静静；
她的心依旧梦着享乐，
即使目光意图否认。

以禁欲者的严格
压迫着翻涌在心之物，
去往以马忤斯[129]，祈求力量
向神力强大的施恩像。

胜利

2

天几乎还未亮起来；
“今天要前所未有地因信而坚强，
与上帝同在，去尽你的责任吧：
是一个白喉病……”

她护理着，亲吻着那个小病人，
但死神却扼住了小病人的脖子……
后来她收拾起自己的东西，踉跄回家，
围巾的护佑中仍冷颤不止。

昨天有人路过修道院
把那个小孩运到土制的床上，
“修女的教堂”里传出
全然轻悄的一曲亡者安魂……

秋天里

一张巨大蛛网，世界
被晚夏的游丝贯穿；——

劳伦茨山[130]炫耀着
金褐色的礼袍。

因为它如此温柔地看过来，
太阳，疲惫地拄着光线之拐，
在它的背后，早早开始找寻
自己的巴利亚多利德[131]。

小小“Dráteník”[132]

来了这样一个小伙子，年纪轻轻，
背上背着捕鼠器和筛子，
穿街走桥，向我走来：
“先生，我已经‘土耳其之饥[133]’了。

“只要一个Krajcar[134]，只要一个，
好买一块面包，milost’ pánků[135]！”
给！——他结结巴巴对我说谢谢，
但是他并未让腿脚歇息。

生活不能靠单纯的游手好闲。——
煎肉的气味从门里传出，
而他却不得不将煎锅修补——

腹中空空：——这就造成了“土耳其之饥”。

在郊外

楼上那老太太，总哑哑咳嗽的，
啊，她死了。——她是谁？——上帝啊你，
她什么也没给过我们，——你们给过她挖苦和嘲笑……
几乎没有人知道她的名字。

下面停着黑色的灵车，
最低级的；灵柩
神气活现，被咒骂着推进去，
然后车门被粗暴地关上。

车夫抽打着自己的干瘦驽马，
小跑着轻松驶向灵安园，
似乎车里不是充满幸与不幸的
一个完整生命——而是一个个死去的梦。

于圣海因里希[136]

教堂圣坛上，挂灯衰疲地

燃烧，紧贴着圣坛的栅栏，
一个古老、古老的骑士
安眠在灰色的纹章版下。

栩栩如生地高举自己的纹章，
始终照看着纹章的闪烁；——
他可知，一群老太太正穿着
肮脏的拖鞋在上面跛行？

波希米亚中部风光

远处，暮色苍茫着滔滔林莽
荫翳的边际。
然后，只是
或此或彼一棵树阻断
庄稼已抽穗的农田五彩的平面。
最亮的光里
马铃薯在萌芽；然后，
大麦一点点辽阔，直至针叶林
圈围成一幅图画。
高高闪耀在新林上空，
迎面而来教堂尖顶的十字架，金红，
猎人的小屋从云杉林里耸立而出；——

而小屋之上，
天空穹隆而起，闪亮而湛蓝。

故乡谣

田间响起诚挚的短调；
不知道，我会有怎样的遭遇……
“过来，你啊捷克少女，
为我唱一支故乡谣。”——

少女放下镰刀，
声声娇笑而来，——
她在田埂上坐下，
开口唱道：“Kde domov můj[137]”……

此刻她静静无语。噙满
泪水的眼，转向我，——
她拿起我的铜十字[138]，
无声地吻着我的手。

梦中加冕[139]

（1897年）

翻译底本

Rainer Maria Rilke, *Erste Gedichte*, Leipzig Im Insel-Verlag, 1913.

校勘版本

Rainer Maria Rilke, *Erste Gedichte*, Leipzig Im Insel-Verlag, 1920.

参考书目

René Maria Rilke, *Traumgekrönt: Neue Gedichte*, Leipzip: Verlag von P. Friesenhahn, 1897.

王之歌[140]

你可以尊严地忍受生活，
生活只会令狭小者渺小；
即使乞丐称呼你为兄弟，
但你却依然能够成为王。

纵使没有那赤金的头环
打断你额上神性的沉默，——
孩童们将向你躬身施礼，
有福的人群将惊异于你。

白昼将用亮闪闪的阳光
为你织就朱衣与银鼬袍，
黑夜，手托悲伤与欢乐，
在你的面前屈膝跪倒……

梦[141]

1

我的心形如被忘怀的礼拜堂；
一个野性的五月在祭坛上吹嘘。
狂风，是放纵的小青年，
早已将小窗断成两半；
它此刻悄悄溜进法器室，
扯住辅祭的摇铃不放。
刺耳的钟声发出畏葸的渴望呼叫，
呼唤远处凶恶而惊人的上帝
到久已废弃的祭祀场上来。
于是风高笑着穿过窗跳跃而去。
但是声音的波被激怒者扭住
猛然摔向地砖，一分两半。

而贫穷的愿望排成长长队列跪伏
在门前，乞讨在覆满苔藓的门槛边。
但早就再也没有祷告者一旁经过。

2

我思想着：
一座小村纯朴在宁静的闪烁里，
雄鸡啼鸣；
小村被人遗忘失落
在花雪里。
小村中有带着礼拜日神情的
一座小屋；
一个金发孩童在薄纱窗帘后偷偷
向外点头。
快快开门吧，门枢嘶哑地
呼叫救命，——
于是卧室里，一阵轻悄、轻悄的
薰衣草香……

3

我觉得：我拥有了一座小屋；
向晚时分我正坐在门旁，
紫色的枝条背后
鸣蛩唧唧，若隐若现
红色的太阳正走向死亡。

如一顶绿色天鹅绒便帽，
小屋的屋顶苔藓苍苍，
小小的、厚厚围裹着的
镀铅玻璃，闪着红光，
将白昼热情的问候模仿。

我梦着，我的目光
早已伸向苍白的天星，——
村里传来一阵《万福》[142]，满带恐慌，
一只迷路的蛱蝶，翩翩
在雪光闪烁的茉莉花上。

疲惫的畜群碎步而过，
小小的牧童笛声落落，——
将头埋在手中，
我感到，收工后的休息[143]
将我的心弦弹拨。

4

一株老柳在哀悼
枯萎而无知无觉，在五月，——
一座老屋蹲踞着

灰色而寂寞，期待在一旁。

老柳上曾有过一个鸟巢，
老屋里曾住过一个幸运；
冬来，痛也来，——二者
停了下来……

5

这里这朵玫瑰，黄色，
昨天那个男孩送给了我，
今天我戴上它，同一朵，
去往他新起的坟墓。

花瓣上依然偎依着
光亮的液滴，——瞧啊！
昨天还是露水，——
今天变成了泪……

6

我们共坐暮光里。

“娘亲，”我撒娇道，“不是真的吧，
你会再给我讲一遍那个美丽的故事，
那个关于金发公主的?”——

自从娘亲死去，领着我穿过
暮霭岁月的，是渴望，那位苍白的夫人；
对于美丽公主的传说
她知道的和娘亲一样多……

7

我想要他们为我制造
取代摇篮的一口小小的棺椁，
然后我会感觉更好，然后我的唇
会早已沉默在潮湿的夜。

然后一个狂野的意志永不会
战栗着穿过惶恐的胸膛，——然后
小小的身躯里一片寂静，
寂静得无人能够料想。

只有一个儿童的灵魂高高
升上天国，如此轻缓，——全然轻缓……

为什么他们为我制造的不是
取代摇篮的一口小小的棺椁？——

8

我要忌羡那云，
忌羡它在高天飘行！
它竟在遍洒阳光的幼林
投下了它黑色的阴影。

它竟有足够的胆量
使太阳变暗，
渴求光明的大地
恼怒在它飞行的下面。

我也想把太阳
所有金色的光之潮
阻挡！纵使数分钟！
云啊！我实在忌羡你！

9

我觉得：这世界，嘈杂、病恹，
刚刚被骤然的飞溅所毁坏，
而对我，它只是一个世界观念，
巨大，停留在胸怀。

因为它与我所观念的一样；
每一个纠纷都喧嚣渐淡：
金色的阳光之翼上，绿色的
森林之慰轻缓地绕我盘旋。

10

如果这人民，懒散如雄蜂[144]，
疾行那陈旧积习的碎步，
我愿在白色的变化之路上
扬长而去，穿过雾罩的樊笼，
严肃而寂寞，如一个神祇。

意识到明亮的酬劳，我愿
漫行，向着光芒四溅的远方；——
我的头上是一圈清凉的花，

我的胸膛安息日一样寂静，
充满童贞的神话。

11

我难道知道我会有怎样的遭遇？
空气中是芬芳的烟雾腾腾，
铜灰色的草茎中，
一首遗失的鸣蛩歌。

我的灵魂深处也鸣响着
一个声音，哀伤而可爱，——
就这样发烧的孩子听见
死去的母亲在歌唱。

12

瞅目在破弊不堪的浴巾里
天性过早苏醒的神的脖颈，
妩媚而贞洁，
冬的白色足迹只是
在荒僻幽深的山谷里，

在紫色、童秃的灌木丛后
虚伪地自我炫耀。

我举步行在车行道上，
两旁的垂柳在潮湿的
车辙边，风正轻柔。
太阳闪耀在三月的光华里，
点燃渴望的白色祭烛
在幽暗的心中
我的希望的施恩像前。

13

苍灰色的天空，每种颜色都因此
惶恐地褪去。
遥遥——唯一一道火红的线条
如一条烧灼的笞痕。

迷乱的映像隐去又显现。
停在空气中的，
如渐逝的玫瑰香，
如抑制着的哭泣……

14

夜卧在公园上，香气沉沉，
夜的星静静望见
月亮那白色小舟
想要停靠在椴树枝头。

我远远听见喷泉在回响
一个童话，久已被我忘怀的，——
然后是一次轻悄的苹果坠落
落入高高、寂然不动的草间。

夜风从近处的山冈飘出，
穿过排排老橡树，
用蓝色的蝶翼运来
青青的葡萄沉沉的香。

15

银光熠熠的雪夜城堡内
一切都在安睡，辽而远，
唯有一个永远野性的苦痛
醒在一个灵魂的寂寞里面。

你问，为什么灵魂要沉默？
为什么不把苦痛灌注到
夜里？——灵魂知道，一旦苦痛升离，
就会将一切天星灭熄。

16

晚钟声声。从群山里
回荡而出，声音越来越
衰疲。你感到一缕微风滑来，
来自绿色的谷底，阵阵清凉。

草原白色的泉中喃喃着的
仿佛是孩童祈祷时的口吃；
穿过高高的黑色冷杉林的
仿佛是一道暮色，已经百岁。

透过云隙的一道裂缝
黄昏将红色的血珊瑚抛向
悬崖峭壁。——血珊瑚弹起，
无声地离开玄武岩的肩头。

17

旷远的浪游人[145]啊，
平静地踽踽行远吧……
因此无人会更熟谙
人之苦，如你。

一旦你开始奔跑，
举着明亮的火炬，
痛楚就会睁开湿润的
双眼，向你。

似乎——双眼在对你
高喊：请理解！
深深在眼的渊深里
充满痛苦的一个世界……

千颗泪滴在谈论，
永不得慰藉地，
你的身影倒映在
每一颗泪滴里。

18

但愿遴选给我一个金发的幸运；
但是我变得疲惫，因渴求与找寻。——
白水流入静静的草地，
黄昏血沃了山毛榉林。

少女们漫游着归家。玫瑰在束腰里
红艳；远远而来她们的笑声朗朗……
最初的星辰再次来临，
还有梦，让人如此哀伤。

19

我的面前是一片岩海[146]、
半沉在岩屑中的灌木、
死者之默。——雾霭醺然地，
天空垂挂在其上。

唯有一只衰疲的飞蛾，不倦地
营营飞过病恹的大地……
寂寞地，如一个上帝的观念
纷乱地穿过否认者的胸臆。

20

窗炽红在静静的房屋上，
整个花园充满玫瑰的芬芳。
高高在白色的云隙上方，
在纹丝不动的空气里，
黄昏翅翼轻张。

一阵钟鸣涌入河谷的草地……
柔和如来自天界的呼唤。
在喁喁细语的桦树林上空，
我看见黑夜秘密示意最初的星
进入苍白的蓝天。

21

世上有如此奇白的夜，
里面一切都是银的。
几颗星如此柔和地烁闪，
似乎正将欢喜的牧人们
带向一个新的圣婴耶稣[147]。

遥遥，如同撒满细密的

钻石粉，田野与河流在显现，
向着心灵，心绪如梦地，
升起了一个没有礼拜堂的信靠，
轻悄地施行着神迹。

22

如一朵巨硕的奇迹花[148]，世界
耀闪着，充满了芬芳，花苞上，
一只蝴蝶，蓝光柔美的翅膀
悬垂着五月的夜。

无物在活动；唯有银触须在闪烁……
蝴蝶被自己早早苍白的翼翅
带入清晨，从火红的紫莞[149]上
将死亡啜饮……

23

竟然，深化着每一分情感，
一个甜蜜的欲望触动了胸膛，
五月的夜，滴落着繁星，

横陈在静如小鼠[150]的广场——

那时你脚步轻缓地潜入，
向着闪亮的蓝天翱翔，
巨大如一朵夜紫罗兰[151]，
幽暗的灵魂向你而开敞……

24

啊，若是有这样的星该多好，
白昼为东方镶边时，它也不因此惨淡；
这样举世无双的星
我的灵魂时常梦见。

梦见这样的星，柔和地闪烁，
目光都可以登陆在上面，
在金色的夏日
因阳光的啜饮而疲惫时。

而一旦这样的星真的
高高潜入世界的喧阗，
它们必将被隐藏的爱
与一切诗人尊为神圣。

25

我觉得如此苦痛，如此苦痛，似乎
整个世界必将消逝在灰色中，
似乎所爱的人亲吻着我
对我说：永别了。

似乎我已死去，我的脑中
狂野的苦楚依然在翻掘。
因为一位村姑从我的山冈
将最后的、苍白的玫瑰偷去……

26

衰疲地从谷中的烟霭蹒跚穿过，
黄昏足登黄金的鞋，——
飞蛾，在草茎上悬着梦着，
不知如何面对福祚。

一切在寂静之上健康地自我品咂。——
灵魂正在膨胀，
将自己视作光闪的外壳
将世界的幽暗围裹。

27

一个回忆，被我称为神圣的，
透过最内在的情感将我照耀，
恰如神像大理石的白色
透过圣林的暮色炽红。

这回忆属于曩昔的福分，
这回忆关乎死去的五月，——
香烟在一双素手里，徐徐
经过我寂静的日子……

28

相信我吧，我，衰疲于疾病，
不再将喧闹的阳春渴求，——
我只欲求一个阳光闪耀、
树梢红透的早秋。

我欲求那喜悦，尖声欢呼，
不再返回胸膛，——
我只欲求死屋之静，
为了——里面我死去的幸运。

爱[152]

1[153]

而爱情会怎样为你而来？
来得可像一道阳光、一场花雪？
来得可像一次祷告？——述说吧：

一个幸运闪耀着脱离天空
张开翅膀巨大地悬挂在
我开花吐蕊的魂灵……

2

曾经是白菊花的日子，——
我几乎忧惧于它的瑰丽……
而后来，后来你到来，拿起我的灵魂
深深在夜里。

我如此惶恐，而你到来，可爱而轻悄，——
我刚刚在梦里还思念着你。
你到来，于是夜鸣响着，轻悄
如童话谣曲……

3

一个五月的白天与你在一起，
两个人迷失地漫行款款，
穿过繁花香气氤氲的焰之列，
行至白茉莉的绿叶间。

我们从那里向外张望五月花，
心中的每个愿望都如此静寂……
在五月喜悦中为自己建造一个幸福，
一个巨大的，——那就是，我的所欲……

4

不知道我会有怎样的遭遇……
不知道为何我要偷听福喜，
我的心已离去，仿佛已醉，
我的渴望与一首歌曲相似。

我的姑娘性情开朗，
她的秀发充满阳光，
今天仍在行奇迹的马多娜，
她们的明眸一模一样。

5

是否你依然想起，我带给你苹果，
轻悄而柔和地将你光滑的金发抚摸？
你可记得，那时，我依旧喜欢笑，
而你依旧是个孩子。

后来我变得严肃。我的心中燃烧着
一个少年的希望与一个老年的伤悲……
那一刻，家庭女教师从你
手中将“维特”[154]夺走。

春在呼唤。我在亲吻你的脸，
你的眼将我凝望，大而幸福。
正是星期日。远钟喧然，
烛光透过冷杉……

6

我们二人若有所思，坐在
葡萄叶的暮色中——你和我——
我们头上轻笼薄雾的藤蔓里
一只熊蜂四处营营。

反光那五彩的圆圈短暂
歇息在你的秀发里……
我只像从前一样悄声地说：
“你的双眼多么美丽。”

7

金发的小脑袋在玻璃后面
被映衬得如此美好，——
是星耀着粉尘的浮动，
还是星耀着我？

是可爱的、始终将我
吸引的小脑袋
还是粉尘的浮动
在阳光灿烂的世界？

无一向另一个看去。
隐秘地，黄昏徐徐行过
充满安宁的额……
而我们？我们始终看着黄昏。——

8

丫头今天正好十六岁。
她在三叶草里寻找着四瓣……
远处拥挤着如一群无赖的：
是生着金发的蒲公英，
正被满是星星的毒芹照看。

蹲踞在毒芹后的是巨人潘[155]，
那个肌肉紧绷的调皮小青年。
此刻他偷偷看见丫头走近，
于是大笑着将风翻滚的波浪
滚动过开阔的草原……

9

我梦着，在葡萄藤深处，
伴着我的金发小女婴；
她纤细的小手如象牙，轻颤
在我的手滚热的约束中。

恰如一只黄色的松鼠，
光在反射中倏然掠过，

紫色的阴影在白色的
衣裳上涂抹着污渍。

我们的胸中幸福地积满
金光闪耀的沉默。
她的天鹅绒衣里
一只熊蜂在营营着福祉……

10

这是一个充满光的世界海洋[156]，
被所爱的人以目光包围，
梦境的潮水里盈溢出
贞洁的灵魂。

我震颤在微光的冲击之前，
就像奔跑中止步的孩童，
在双扇门无声地敞开的
圣诞树房间的华贵之前。

11

那时我还是个孩子。我记得，据说：
今天巴泽·奥尔佳[157]来做客。
于是我看见你在烁烁的砾石路上走近，
紧裹在小衣服里，小衣服已经褪色。

后来坐在桌前，按照顺序和等级，
有节制地使自己的喉咙清新；
我的玻璃杯撞响你的玻璃杯，
于是一道裂隙穿过我的灵魂。

我惊异地望着你的脸，忘记了
向其他人的聊天里加入自己，
因为我干燥的咽喉深处哽咽地
坐着一个呻吟着的哭泣。

我们走在公园里。——你说起幸运，
你长久亲吻我的唇，
我回报给你高烧的吻，
吻在你的额、你的嘴、你的颊。

那时你悄悄将双眼闭拢，
将狂喜盲目地探究……

而我心中预感到：那时你会
最可爱地死在原罪里。

12

黑夜身穿银光闪耀的衣袍
播撒着满手的梦，
那些梦将醉意一直满注到
我渊深灵魂的边际。

如孩童看见一个圣诞夜
充满光芒和金色的坚果，——
我看见你穿过五月之夜
吻遍一切鲜花。

13

白昼已然死去。森林带着魔力，
蕨草丛中仙客来[158]在流血，
高高的冷杉正炽红，一株挨一株，
一阵风起，——于是沉沉的香气到来。
你因我们迢远的路程而困顿，

我悄悄地说着你甜蜜的名字：
于是以狂喜而野性的力量
从你的心白色的百合籽中
钻出激情的火百合。

红的是黄昏——红的还有你的口，
那时我的唇渴望而热切地找到它，
火焰，将我们骤然烧穿，
舔舐着忌妒的衣袍……
森林已静，白昼已死。
然而救主却已经为我们而复活，
与白昼一道死去的还有忌妒与窘困。
月亮到来，巨大地停靠在我们的山冈，
幸运悄悄地升起，从那白色的小船里。

14

丁香闪耀在花园里，
黄昏充满了《万福》，——
正是那时，我们彼此离开，
怀着伤悲与恚怒。

太阳怀着滚烫的发烧梦

远在灰色的山坡背后死亡，
此刻也渐熄在花树背后的
是你的白色连衣裙。

看着晚霞渐渐消逝，
我惶恐震颤，如曾经长时间
看着一道明光的孩童一样惧怕：
此刻我已经失明？——

15

常常我觉得你是个孩子，小小，——
于是我感到自己这般严肃而苍老，——
但愿你纯如钟声的笑全然轻悄
在我心中余音袅袅。

假如你带着巨大的孩子的惊异
睁开眼睛，渊深而滚热，——
我愿将你亲吻，为你低诉
最美的童话，那些我记得的。

16

我的灵魂希企着一个幸运、
一个短暂懵懂的对奇迹的狂想……
在泉水的漩涡里在赤松的簌簌里
我听见它的临近……

而一旦银舟从镶着紫边的
山冈飘入惨淡的蓝天，——
我就会在浓荫翳翳的花树下
看见它的临近。

身穿白衣；恰如死去的爱人，
星期日里伴我一同穿过尘埃与灌木，
只是那红红的花，它也
佩戴在胸前？……

17

我们走在秋天多彩的山毛榉下，
两人因别离之痛而双眼赤红……
“爱人啊，来吧，我们寻找鲜花。”
我忧心地说：“鲜花已经死了。”

我的话语完全就是哭泣。——苍穹里
孩子般微笑着停下一颗苍白的星。
衰疲的白昼走着死着向着祖先，
一声寒鸦啼远。——

18

在春天或者在梦里
我与你昔日曾相遇，
此刻我们相伴着走过秋日，
你紧握我的手，在哭泣。

你哭泣，是因飞渡的乱云？
还是因血红的树叶？大概不是。
我感到：你曾经幸福
在春天或者在梦里……

19

她没有丝毫故事，
不谙世事地走过一年又一年——
霎时间与喧嚣的光一同到来的……

爱，或者曾经的什么。

于是她蓦然惶恐地看见它在消融，
那时一片池塘在她的屋前……
恰如一个梦恍然开始，
恰如一个命运正在终止。

20

可以觉察：秋已到来。白昼疾速
在自己的血里死去。
斜晖里唯有花朵依旧耀眼
闪烁在小女孩弯弯的帽上。

她用她破敝的手套抚摸
我的手，娇憨而悄轻。——
小巷里别无他人只有她与我……
她惶恐地问：你要远行？“我要远行。”

于是她停下，娇躯充满了别离苦，
藏在我的大衣里……
红红的玫瑰在小帽上颔首，
黄昏在疲惫地微笑。

21

有时我感觉到：伤悲与辛劳之后
命运依旧会为我祝福，
当我在节庆着的星期日清晨
与笑盈盈的少女相遇的时候……
我喜欢听她们笑。

于是笑声长久地留在我的耳中，
我以为，我永远不能忘怀……
当白昼在山坡背后消失的时候，
我想为自己歌唱……那时
众星已然在天上歌唱……

22

太久，——太长……
何时——我从未知道怎样讲……
一座钟在鸣响，一只云雀在歌唱——
一颗心已经如此幸福地跳荡。
天空如此闪亮在青青的新林坡，
丁香结满了花朵，——
身穿礼拜日盛装的少女，苗条，

目光里满含惊异的疑问……

太久，——太长……

降临节[159]

（1898年）

翻译底本

Rainer Maria Rilke, *Erste Gedichte*, Leipzig Im Insel-Verlag, 1913.

校勘版本

Rainer Maria Rilke, *Erste Gedichte*, Leipzig Im Insel-Verlag, 1920.

参考书目

Rainer Maria Rilke, *Advent*, Leipzig:Verlag von P. Friesenhahn, 1898.

降临节[160]

风在冬林里牧放着
雪花那羊群，如同牧人，
几株冷杉预感到自己很快
就会虔诚、更明亮地得救，
于是侧耳倾听。它们把
枝条伸向白色的路——预备着，
它们抗拒着风，生长着，迎向
一个荣耀的夜。

赠礼

致诸友

这就是我的战斗：[161]
带着成为圣的渴望
在一切日子里漫行。
然后，坚定而宽广，
以千条根须
深深伸入生活——
历经苦难，然后
成熟，远远从生活里，
远远从时间中。

你啊，我神圣的寂寞，[162]
你富贵、纯洁、辽阔，
如一座苏醒中的花园。
我神圣的寂寞啊，你——
抵住那黄金的门吧，
愿望就等候在门前。

小溪旋律轻悄，[163]
尘嚣市声迢遥。
树枝摇曳示意，
令我如此衰劳。

森林狂，世界广，
我心博大而光明。
苍白的寂寞
将我头颅揽入怀。

我爱那些被淡忘的田园圣母[164]，
她们正不知所措地等待着谁，
我爱那些少女，她们走在寂寞的
井边，金发插满鲜花，耽于梦境。

我爱那些孩子，他们歌唱在阳光下，
仰看群星，大为惊异，
我爱那些白日，带给我歌谣，
我爱那些黑夜，凝伫繁花里。

如果你是欢乐人群中的一个孩子，[165]
无疑你就无法理解
为什么我会憎恨白天，
视之为永远敌对的危险。
我曾如此陌生如此冷漠，
只是深深地在花影浅淡的
五月之夜秘密地积福。

白天里我戴上怯懦的责任
那狭窄的戒指，温顺有加，
黑夜里我却悄悄溜出圈[166]，
我的小窗格格——当当——
他们毫无所知。一只蝴蝶，
被我的渴望纳入自己的旅程，
因为我的渴望正行走着，悄声
向遥远的众星探问自己的故乡。

孔雀翎啊：[167]

因无与伦比的你的雅致，
我孩提时就何等地爱你。

我视你为爱的预兆，
被妖精们彼此传递
在凉夜银寂的池边，
在所有孩子都已入睡时。

那位老奶奶，和善的老奶奶，
时常为我读起如意枝[168]，
于是我梦见，柔情的你啊，
在你精致的纤维组织里涌动着
谜枝的聪明的力——
我找寻着你，在夏日草地。

时常我想起夜的日常[169]
旅行，对我有益的梦
以双唇，清凉而轻悄，
来将我闷热的额亲吻。

于是我渴望看见群星
光闪。——白昼微薄渺小，
黑夜却辽阔，有银的边界，
能够成为一个传说。

因此我会幸福——[170]

一定会有闪亮的阳春三月的
一天，病人们被
带到幽暗的门前。
丁香丛中麻雀在争吵，
因它们无一完成正确的歌咏。
小溪，摆脱了一切桎梏，
却不知道如何面对幸福，喷涌着，
一直上涌到厚木板，
在花畦后，被砾石环绕，
繁花盛开，白桦摇摇。
被春的藤蔓如同
可爱而轻盈的手臂缠绕，
小屋闪露着金光，——
一个金发孩童，若有所思，
在小屋前唱出我最美的歌。

一些日子里我的灵魂寂静：[171]
一座上帝之屋[172]，走出一切祷告者。
一个天使只是在用黄金翅膀阻挡

香烟，因为香烟想要用它轻悄的环
绑住天使臂膀的欢呼。

耽梦圣像暗去在里面，
满怀无措而渴望着的欲求答允：
它们等待着礼拜日，座无
虚席、管风琴洪亮——
苍白的吊灯往复摇荡。

你们称之为灵魂吗，那如此畏葸地啁啾[173]
在你们身内的？那个，如同弄臣帽[174]急速的声响，
将掌声央求，将尊严追求，
最终却贫穷地死着一个贫穷的死，
死在哥特礼拜堂香烟缭绕的黄昏里的[175]，——
你们称之为灵魂吗？

当我远眺蓝色的夜，身披五月的雪，
望见行星在夜空中行着迢远的路时，
我觉得：我承载着一片永恒
在我胸中。它振翅悬空它尖声长啸
它渴望上升渴望与众星一道环行……

而这才是灵魂。

高高的冷杉嘶哑地呼吸[176]
在冬雪里，雪的光芒
围裹着一切旅人，更加隆起。
白色的道路更加轻悄，
舒适的陋室更加岑寂。

时钟在歌唱，孩子们在颤抖：
绿色的炉中薪柴哔剥，
在明亮的爆裂中飞迸，——
屋外生长在雪花闪烁里，
白色的白昼通往永恒。

黄昏迢远而来，穿过[177]
雪覆而轻悄的冷杉。
将冬的面颊紧贴在
万家的窗，黄昏偷听着。

每座房屋都静寂无声：
老人陷在沙发里冥想，
母亲们如同女王，
男孩们不想开始
游戏。女孩们不再
纺织。黄昏凝听着房内的人，
房内的人凝听着黄昏。

天色苍茫耀眼；[178]
黄昏明亮悄微。
有位皇帝驾临：
万户蓬荜生辉。

晚钟如此节庆，
晚钟如此轻柔；
老人举目望天，
孩童华贵富有。

太阳燃烧在天上阡陌。[179]
妇人们跋涉在
刈后荒芜的田土。
排着闪烁的光之列
在铁道看护小屋旁，夏季而孤单，
沉思着朵朵太阳花[180]。

你啊贫穷、老旧的礼拜堂，[181]
伴着你积尘的饰物——
春在你的旁边建起
一座明亮的教堂。

许多瑟缩的女人跛行
进入你香烟的安宁，
孩子们在你的外面
向一切玫瑰示意。

少女们唱道：[182]

所有的少女在等待着谁，
在这万木吐绽芳华时。
我们不得不总是缝又缝，
直到我们眼睛火辣酸痛。
我们的歌唱永不会欢欣。
我们是如此惧怕着春：
就怕我们什么地方找到他，
他却不再认得我们。

依偎在黄昏花园里的二人，[183]
长久倾听着一个什么地方。
“你的手好像白丝缎……”
于是她惊异道：“你这样说……”

有什么踏入花园里，
栅栏不曾轧轧发声，
所有花畦里的玫瑰
颤抖在它的在场。

一位白衣维斯太女祭司[184]
对赴死者投去悲悯的微笑，
拂去他额上的羞辱。

而后她像女奴一样渴望
这位宽肩青年徐行着
为自由赴死。

众男爵的环拥下[185]
王在纵马田猎。
他红色的王冠上安居着
一颗寂寞的绿宝石。

明亮的马蹄下
道路宽广而白色；
呼救声无人听见，
正午炎炎燥热……

是否有人认出了王？

寒鸦成群，啼彻黄昏。

里面最勇敢的一只
展翼飞翔在他的头上：
王的额上燃烧着
一颗寂寞的红宝石。

白色的寂寞里一座白色的城堡。[186]
闪亮的厅堂里观看者轻悄举步。
藤蔓病入膏肓，紧抓在墙垣之上，
通往世间的一切道路积雪满覆。

高悬在头上的天空荒芜寥廓。
城堡在闪烁。渴望在狂舞双手
帮助自己沿着白色的墙壁离开……
众钟伫立在城堡：时间已死去。

某处一定有这样的宫殿，[187]
灰尘如雪，覆盖窗户。
厅堂成行，回音缭绕，

死去的日子深深潜入：
雕像在踱步，圣龛在示警；
快乐的烛光无一
到达寂寞的奇特之境……

在那里我们要举行庆典——
童话般孤单。

红色尖顶的城堡里[188]
我愿成为黄昏之宾。
琐窗飞红，帘幕低垂，
我白色的夙愿示意我
走出火光冲天的宫殿。

我欲悄行过长长的大厅，
将幽深的花园俯瞰，
那漫过一切边界的花园。
妇人们巧笑在池畔，
孔雀矜夸在绿草间。

我愿有朝一日再次望见你，[189]
公园，伴着古老的椴树林荫路，
伴着一切妇人中最轻悄的一位，
向神圣的水塘走去。

微光闪烁的天鹅神情矜夸
悄声滑行在闪光的平坦，
深渊里浮出的玫瑰
如一个沉没之城的传说。

我们全然孤独地在园中，
繁花如孩子们伫立，
我们微笑、倾听、等待，
我们不问自己，等待着谁……

降临在光芒闪烁的广袤[190]
黄昏如一位轻悄的神祇。
前进啊乌驹！此刻我欲
踏遍紫光斑驳的寂寞，
马镫轻踏，缓辔如在梦里。

我气息深沉。我变成皇帝。
我的头盔明亮，扣襻轻解，
条条嫩枝掠过我的额头，
簌簌作响。更轻、更轻，
蹄声与呼喝回荡红染的平林。

仔细听，不是一声受惊的尖叫[191]
从山坡那边传来吗？
腐朽的修道院围墙里
黄昏再也无法出来。
它带着伤在墙壁上找寻自己。
以无助的手，
向拥挤成群的圆柱里，
向永恒的通道里，
它抛入烈火。

火。——

穿着破敝的衣袍
它在逃跑，伴着歌唱《还家》的刈草者
它悄悄逃入火焰渐熄的大地。

黄昏王自感孱弱[192]
而厌倦，于是他：
将自己的黄金赠送给年轻的小溪，
小溪顺着牧人的歌唱
行入人间大地。

此刻小溪是少年国王。
它高声欢呼着“警报”，
盲目地向受伤的地土赠与
它的黄金。——而何处有茅屋，
何处它又再度贫穷。

白昼悄然安寝，——[193]
我扬长远离人间……
清醒在辽阔的圆里
我——和一颗惨淡的星。

它的目光交织着光
亮闪闪地静息在我的头上，
它在上面的天空里显得
寂寞，恰如我在此处……

游历

威尼斯

I

异国的呼唤。我们选
一艘贡多拉[194]，黑而狭：
轻悄的滑行，沿着桩柱
在一座大理石的城。

寂静。唯有船家在讲述
自己。桨声欸乃，
从教堂与运河里
异国的夜向我们示意。

黑色的小径愈见轻悄，
风中飘来远处的《万福》，——
信夫：我是一个死去的皇帝，
他们正引领我去往陵墓。[195]

II[196]

我总觉得，这些轻悄的

贡多拉正在穿过运河
去迎接着某一位人物；
因为[197]等待已持续太久，
人民贫病交加，
孩童如失恃怙。

座座宫殿长久渴盼着，
盼主人，盼宾客，
而人民想要目睹王冠。
我愿意时常站在
圣马可广场[198]，向随便什么人
探问这个遥远的庆典……

Ⅲ[199]

我的桨在歌唱：

poppé[200]，快快开！
一个奴隶的民族
拥聚在码头
为了平淡的庆典，
而座座宫殿
也已无法安眠。
poppé，快快开！

冰冷的安宁
在大理石的肢体里，
眼睑乏力
广场在瑟缩战栗。
如网的巷陌里
低贱者在乞讨。
poppé，快快开！

告诉我，你可还
记得那些死者，
那些在这里被加戴
无价冠冕的？
此刻他们居于何处，
那些朱衣紫袍者？
—— —— ——
poppé，快快开！

Ⅳ[201]

《万福》从教堂钟楼飘来。
你总是听见教堂在讲述；
但是寂静运河旁的宫殿
却不再将什么吐露。

梦静息在宫殿沉睡的额，
一旁轻悄摇曳而过，
贡多拉如黑色的思绪
向黄昏驶去。

埃潘的恩格拉古堡[202]

向晚的路途。茅舍低踞，
村落沉睡无语。
眼中的塔楼，峻切犹在，
对世界的迷失
自白色的花棚迤逦。

黄昏燃烧在荒堞，
风从厅堂拂掠[203]。
为谁，庭院深处，
井水依旧空流——
没在幽谷，更无人知。

滕诺[204]

教堂庭院高居夏雪内

与山村相般配；
一片高原平湖何等地
为宁静所拱卫。
春光吐蕊，无人知晓。
绿茵羞怯，晨霜惨淡，
歧路可怜，童山濯濯，
数字却轻缓而罕见地凭增：
曾经。

道路荒败，道路狭隘，
小小的村里是小小的抉择、
小小的幸福、小小的苦楚，——
因此它们远远在山谷里回响：
曾经，——曾经，——曾经——

Casabianca[205]

山之前我知道小教堂
以锈蚀的门手在抵抗，
好像头蒙风帽的修士
棵棵柏树正攀缘向上。

被淡忘的圣徒寂寞

栖身在祭坛圣龛；
透过空洞的窗
黄昏为他们奉上冠冕。

阿科[206]

高高的雪堞，刃崩但锋锐，
如一顶墙的冠冕[207]骤然燃烧，
向里面，高笑的尼禄[208]，
那清晨，将它的火把抛入。

烈焰张天，弥漫
向凋零的星斗，
山谷醒转在震恐中，
从酣梦与寒露里浮出。

I Mulini[209]

你啊，疲惫老朽的磨坊，
你苔痕的转轮欢庆着休歇，
橄榄树的清凉里
黄昏将你凝望。

小溪好像在翻唱
人类遗失的歌，
而你却在双耳之上
低垂你的屋檐。

博登湖[210]

村落如花园[211]。
钟声如咽
在奇绝的钟楼。
岸堡伫候，
透过黑色的隘口疲惫
远眺正午的湖。

轻波微澜嬉闹，
金色渡轮
悄分粼粼水道；
涯岸之后
浮出万丛
银岭。

康斯坦茨[212]

白昼伤心欲绝。
疲惫地自金杯中
将葡萄酒倾入山雪。

高挂岸树枝头的星，
羞怯如麑鹿，
潋滟的波影
栅格着暮湖。

寻得之物

假如能像一次轻悄的展翅
在向晚的风里招摇，——
我愿渐行渐远
直至山谷，那里紧偎
夕阳红透的寂寞
我的渴望仿佛一座花园。

或许我能在那里找到你，
你的第一次操劳会畏葸地
包扎我伤痛的愿望，
你会引领我深深走进绿色——
洁白的旋花[213]会隐秘地
在我蒙尘的藜杖绽放。

我愿在野外与你相遇，[214]
当五月在奇迹上堆聚奇迹时，
当一个轻悄的灵魂祝福
从万树枝头向下垂滴时。

当茉莉将洁白的手臂向上伸出，
一直伸至纤细的十字路口时，
当基督温柔地将额上
永恒的痛苦观念遮蔽时。

我曾必须目不转睛地思考，
怎样在黑黑的松树之间
将思索着的深春找到，
那时我伫立在你的美之前，
透过山峰幽暗的线条
我梦见如同国度的你的容颜。

你唇际的一丝微笑
悄悄行在被遗落的小径——
全然轻悄。旁的人几无觉察。
就这样一片叶飘离花树：
只有一个人望见春恩，
望着，如在梦里。

陌生的是，你的唇说出的什么，
陌生的是你的头发，你的衣裳，
陌生的是，你的眼探问的什么，
甚至出自我们狂野的日子里
一次轻悄的波浪拍击，也不曾
抵达你深邃的奇特。

你像画中的形影，
在祭坛空空的窄橱上方
始终合拢着双手，
始终拿着古老的花环，
始终悄悄施行神迹——
在神迹久已不在时。

你是如此陌生，你是如此惨白。
只是偶尔你的面颊飞红
一丝无望的隐秘渴望
渴望那遗落的玫瑰之国。

于是你的目光渴望着，深而清澈，
渴望从一切必须，从一切辛劳中

进入那个国，那里寂静的花开
无非是你双手的劳作。

你可知道？我欲蹑手蹑脚
悄悄离开喧嚣的圆，
当我第一次知道
惨淡的天星在橡树的
上空开花时。

我欲选择的道路，
在苍白的暮原上，
罕有谁会踏入——
我不欲选择的梦，除非：
有你同行。

在你身边是惬意的：
畏葸的时钟敲击着
好像来自遥远的日子。

来向我讲一件可爱的事吧——
只是不要太大声。

一扇门通向外面
落英缤纷的某处。
黄昏在窗玻璃上凝听。
让我们一直悄声吧：
无人知道有我们。

黑夜秘密地透过帘幕的褶裥
从你的发中取出被淡忘的阳光。
看呐，我别无所求，只求握住你的手，
寂静、美好、平和而安详。

于是灵魂为我而生长，一直到平淡的日子
被它破碎成片；它变得如此神奇地辽远：
在它朝霞映红的防波堤上，死去了
无限最初的波澜。

你啊，手，始终在给予，
你一定会开花，因奇异的幸运。
轻柔如一次轻柔的[215]桦林颤动，
因给予的经历而留在其中的，
是一个节奏的颤抖。

这双手，关节纤细，
正悄然操劳；
如若知道大教堂里的一切，
它们必会在圣痕里
在一切民的面前神圣开花。

你已经行遍空想与苦痛，
你走出我最幽暗的岁月，
你为自己建造了一座桥，
直通向我，横跨罪与雪。

你引导我，微笑着悄声吩咐，
你王冠一样金色的卷发
将易逝的二月雪花
带入喜悦的春之死。

想向你将春天展现，
展现它的百个奇迹。
春天拥有翳翳森林，
却不来到城的里面。

只有那两个，从
冰冷的小巷，两手
相握，走出很远——
才会得以一见。

而这个春天令你更加惨白，[216]
你的足想要进入辽阔的草地，
你的歌轻悄，你的话更柔，
你的双手更加丰满
因每一个示意，因每一次问候。

你大胆地从清香闷热的衣柜
取出你小小的坚振礼服，
你穿着它走上野径，
你打扮自己，为了命令你灵魂
开花的、盛大的恩典。

我觉得：我必须为你将新婚夜的花束
远远从黄昏里带回。
我走出去走进黄金时刻，
窗闪耀在最后的房屋上，
里面游戏着的孩子们在歌唱。

我走过这座寂寞的房屋，
里面居住着歌唱着的孩子们，
我的漫游在成长，成长进五月，
无法回返，——而那些花朵，原谅我，
我把它们全都编结成了我的头冠。

你如此疲惫吗？我想悄悄领你
走出这喧嚣，这喧嚣也久已令我恚恼。
我们伤痕累累，在这时间的催逼中。
瞧，我们战栗徐行其中的森林的背后，
黄昏如一座明亮的城堡，已在守候。

跟我一起来吧，该不会有清晨知道，
你的美，房屋里没有一丝光会倾听……
你的芬芳如春天行遍绣枕：

白昼撕碎了我所有的梦，——
你啊，就再用它编结一顶花冠吧。

你：
　　一座城堡立在波涛沉沉
苍白如缎的暮湖之滨——
城堡廊柱高耸的大厅里
赞美与奢华等待着
向我们致敬：

因为我们都在还乡——
头无冠冕，两手
空空——
但年轻。

紫红的玫瑰我愿意
为我的桌案而捆扎，
而后，迷失在椴树林里，

在某处找到一位少女，
伶俐，金发，耽于梦境。

我愿意握住这个孩子的手，
我愿意跪在她的面前，
愿我充满渴望的苍白的口，
得以被她的唇轻吻，
那双唇，就是春。

一次两人的手彼此相触，
一个长吻印在清凉的唇，
然后：在洁白闪光的路上
我们漫步走过绿茵。

以轻悄、洁白的花雨
白昼送给我们最初的吻，——
我觉得：我们正迎着上帝漫行，
而他正穿过广袤向我们垂临。

你要为自己甄选侍童吗？
选我吧，女王。
为我，古老的奇遇里，
丝弦与思想奏出一首歌。

我要引你步入白色的宫殿，
在里面我就是王，——
我愿在千重门后歌唱，
为我的白衣王后。

黄昏令我疲惫。
小小的愿望尖叫，在
我的感官里，伴着鸣蛩[217]。

苍白的大地平坦，
纯白的别墅横陈
在玫瑰的红艳之后。

好像在悄然警戒，
白色的别墅横陈
在春夜寂静的岸边。

为什么你们要将我从我苍白
湛蓝的时辰拖入旋转圆环
纷乱不停的烁闪？
我不愿再望见你们的疯狂。
我想像一个孩子在病房里
寂寞，带着隐秘的微笑，悄悄，
悄悄——将昼与梦建造。

我是如此苦痛。我看见你苍白而惊惶。
那是在梦中。那时你的灵魂清脆鸣响。

我的灵魂全然轻悄地应和，
两个灵魂彼此对唱：我苦着。

那时宁静在我心深处。我躺在
银色天空下，躺在梦与昼之间。

我的梦何等地切慕你。
我们令彼此辛苦陌生，
此刻可怜、惶恐的寂寞，
意欲谋害我的灵魂。

毫无鼓起风帆的希望。
只有这辽远、白色的寂静，
被我无所事事的意志
在气息不畅的惶恐中倾听。

而你曾经美丽。你的目光里
黑夜与太阳胜利地和解。
尊严像一张银鼬皮，围裹着
你：因此我的爱情为你加冕。
我黑夜里苍白的渴望，带着
白色的条纹，如维斯太的女祭司，
凝立在你灵魂神庙的圆柱边，
微笑着抛洒白色的花朵。

你有一双如此大的眼睛，小乖乖。
你必定时常在夜里看见一个个形象，
它们，陌生而惨白，以大理石般冰冷的
梦的双手，捧握着红色的王冠，
它们的周围一道光悄声地流淌。
于是你的目光在白天好像已盲，
你的灵魂好像被劈开，
于是你忧惧于那些日常的往事，
那时渴望在你的里面展开，
让所有其他人感到疯狂。

于是渴望为你醒转，
骄傲地逃离虚荣的爱哭鬼，
他们笨拙，双手痴呆而铅沉，
在你银色灵魂上聒噪着
迷乱的歌，足以要人性命；
渴望逃入一个湛蓝的夜，
夜里一切树梢一边倾听一边欢庆；
渴望揭开肢体赞歌的面纱，
羞怯地在白色水塘的子宫里
找到自己赤裸的华贵。

你向玻璃顶天井的高墙里看去，
你静静游戏在沉闷的房室里，
一丝无法领略的哀戚
浮在你苍白的童年梦上。

你的岁月铅般沉重，
母亲罹病，父亲粗暴；
偶尔到来一个摇着风琴的残疾人，——
于是你倾听，你哭泣。

夏天如今对你又能有什么用？
疲惫地，仿佛扇动着惊怯的翅膀，
你乡愁的双眼迷路在
漫无涯际的礼拜天。

她曾是：

一个不受欢迎的孩子，甚至
被摒弃在母亲的夜祷之外，
她永远远离那个伟大之物，
那个边赠与边穿过时间的。

她的愿望很少——只有少见的
愿望像一场哭泣临到她，
愿求一个帐篷紫色的国，
愿求一段异国的旋律，

愿求纤尘不染的白色的路——
后来她摘下玫瑰戴在发间，
但却从未能够相信爱情，
即使已在春天深处。

每当我热诚地凝望你的眼，
你的话语就忧郁地响起
仿佛一把轻歌的爱之琉特[218]，
从前一个琴匠寂寞地将它造出，
作为他的灵魂唱出他的渴望。

从此琉特学会了无忧的歌，
喜欢伴着白天和舞蹈鸣响，——
一个梦中人握住它的身躯：
于是它醒来，再次哭泣，
因它对故土的愁绪。

是的，从前，当我思念你的时候，
就像是奇迹：五月为你
苏醒在光轮中，
我的渴望小心翼翼地梦见
你额际的冠冕。

此刻我看着你：你的哭泣沉入
你的心那秋色笼罩的幼林，
在你的身侧，沿着道路，
悄悄滑过惨白的里程碑，
一道神奇的落阳。

我走过一片土地，一片哀伤的土地。
仿佛摇篮带横在空空的摇篮，
苍白的河横在坦荡的沙滩，
对岸湿濡的雾袍里
垂柳伸出死者之手。

我是这般哀伤。我凝眸久伫。
我看见你蜷伏在路旁。
从前我曾拥有你并结识了幸运。

你思来想去哭泣不已，
我问你：这可是你的故土？

你点头，你点头好像沉湎梦里……
于是我再一次称呼你一如从前；
但是你的影像在我的面前融化、消失。
白杨在夕阳那烈火中焦焚，
死神红色地穿过你的故土。

你可知道，我将疲惫的玫瑰编织
在你的秀发，一缕微风轻悄拂过——
你可看见，月儿像一枚足色的
银币，被铸造成一幅图画：
一个妇人，含笑戴着深色的荆冠——
她是死去的爱情夜的象征。

你可感觉到玫瑰在你的额上死去？
每一朵都战栗着离开它的姐妹
不得不孤单单地腐败又腐败，
全都灰白地落入你的怀中。
她们死在那里。她们的苦痛轻悄而巨大。

走进黑夜吧。我们是玫瑰的继承人。

你可还能弹奏那些古老的歌谣？[219]
弹吧，爱人。那些歌掠过我的苦痛
好像龙骨用白银打造的船
漂向隐秘的岛屿
在轻悄的暮湖里。

船儿停靠在盛开鲜花的岸，
春天在那里如此青青。
我疲惫的记忆在寂寞的
小径找到被淡忘的神灵，
他们带着等待着的恩典。

在哪里啊那些高级玻璃制成的百合？
你的手从未忘记将它们莳弄[220]。
已经死亡？
去了哪里啊你双颊上的欢愉？

它曾像一个完整的春天光华四射——
已经焚尽？
而在哪里啊我们的幸运？巨大而洁纯，
被你的秀发明亮地萦绕，像一个
马多娜像。
它也已经死亡[221]。今天我们为它流泪，
明天寒霜就会进入我们的居室——
而然后呢？

母亲们

我时常渴望着一位母亲，[222]
渴望一个白发苍苍的沉静的妇人。
她的慈爱中我的我初初成长；
她能够化解那暴烈的仇恨，
那仇恨曾冰冷地潜入我的灵魂。

我们愉快地紧紧偎坐在一起，
一团火轻轻哔剥在壁炉里。
我倾听着慈爱的唇讲述的一切，
宁静，飘浮在茶罐的上方
恰如飞蛾围绕着灯光。

我时常感到我必须问：
你啊，母亲，你歌唱过什么，
在你面色苍白的金发小伙子
被睡神热吻双颊之前？

那时你可曾异常伤悲？
你可记得，你是怎样突然跳起，

当你面色苍白的金发小伙子
在深深的梦里开始哭泣时？

我走在红色的枝条间
找寻一束向晚的花。
面对幸运不知道何去何从，
我感到如此新奇，我感到如此独特；
我的爱人已疲惫，留在了家中。

此刻我的姑娘第一次如此纯粹，
自从她的束腰变得宽大，
自从一个奇迹临到了她：
很快她拥有了一个宽额的棕发[223]，
于是她坐着，唱着一首摇篮曲。

椴树林中轻悄飘来[224]
第一次的花开，
我，在梦中勇敢地，

看见你在树叶的绿色里
妩媚地以第一次的母亲操劳
为小小的童衣镶边。

同时你还唱着一首小小的歌，
小小的歌回响在五月：

开吧，开吧，开花的树，
深深在亲爱的花园，
开吧，开吧，开花的树，
我的渴望最美的梦
我要在这里等候。

开吧，开吧，开花的树，
夏天会付给你报酬。
开吧，开吧，开花的树，
瞧啊，我现在正镶着一道
衣边，用太阳光作线。

开吧，开吧，开花的树，
很快成熟就会到来。
开吧，开吧，开花的树，
我的渴望最美的梦
在教我怎样把捉它。

同时你还唱着一首小小的歌，
你的歌就是五月。

　　开花的树就要开花，
　　开花在所有的树之前，
　　你的衣边就要阳光灿烂。
　　容光焕发在树叶的绿色里，
　　你年轻的母亲操劳就要
　　为小小的童衣镶上花边。

而此刻他们谈论着你的耻辱，[225]
在痛楚与忧虑令你迷路之际，——
啊，微笑吧，妇人！你正站在
会使你成为圣的奇迹边缘。

你可感觉到你心里胆怯的波动，
你的肉身与灵魂将变得宽阔——
啊，祷告吧，妇人！这就是
永恒之波。

金发男孩歌唱道：[226]

你为什么哭泣，母亲？就算橱柜
空空如也，——会好起来的！
我是你的金发王冠少年，
你拥有高贵的血统。

你不知道，我真的望见，——
你是怎样时常迟睡，
在晨光熹微时的烛光下
缝纫你的王袍。

你就是女王，
所以不必惶恐畏葸——
待到我身强力壮，
王的日子就会来到。

母亲道：

“小可爱，你在喊我吗？”
这句话飘荡在风中。——

“多少级陡峭的台阶
依然横在你面前啊，孩子?”——
她的声音找到了星辰，
却找不到女儿。

山谷中低矮的酒家里
熄灭了最后一盏灯。

有时她感到：生活是宏大的，
野性更甚于汹涌的江河，
野性更甚于树间的狂风。
于是她悄悄松开时辰，
将自己的灵魂寄于梦境。

后来当她醒来时，一颗星静静
悬在轻悄的旷野上空，
她的房屋四壁雪白——
于是她知道：生活陌生而遥远——
于是她合拢日渐苍老的手。

为我庆祝[227]

（1899年）

翻译底本

Rainer Maria Rilke, *Die frühen Gedichte* : *Des Buches „Mir zur Feier“ Zweite Auflage*, Leipzig Im Insel-Verlag, 1909.

校勘版本

Rainer Maria Rilke, *Die frühen Gedichte*, Leipzig Im Insel-Verlag, 1918.

Rainer Maria Rilke, *Die frühen Gedichte*, Leipzig Im Insel-Verlag, 1922.

参考书目

Robert Heinz Heygrodt, *Die Lyrik Rainer Maria Rilkes: Versuch einer Entwicklungsgeschichte*, Freiburg: J. Bielefelds Verlag, 1921.

Hans-Wilhelm Hagen, *Rilkes Umarbeitungen: Ein Beitrag zur Psychologie seines dichterischen Schaffens*, Leipzig: Hermann Eichblatt Verlag, 1931.

这就是渴望：在波涌中安居，
在时间里不拥有家。
而这就是愿望：日复一日的时刻
与永恒悄声对话。

而这就是生活：最终从一个昨日
升起了一切时刻中的最寂寞时刻，
微笑着，别样于别的姊妹，
向着永恒沉默。

我是如此年轻。我欲将每一个音声，
那从我身边簌簌而过的，战栗着赠送，
而心甘情愿在风的可爱的强迫里，
如蔓生的植物在花园甬道的上方，
我的渴望欲将自己的藤蔓摇荡。

我欲赤身向每一副甲胄夸矜自己，
在我感到自己的胸膛正在伸展之际。
因为时候到了，该穿上那骑兵的装束，
白昼将我从海岸清晓的清凉
引领到了内陆。

我欲成为一座花园[228]，许多梦
在它的井边吐放新艳，
那些梦分泌、臆想了一个梦，
在沉默的交谈里合而为一。

而当它们徐行的时候，我欲以话语
如以树梢在它们头上簌簌发声，
而当它们静息的时候，我欲带着我的
沉默将昏迷者的浅睡倾听。

我不欲伸手拿取喧嚣的生活，
不欲向任何人探问陌生的时日：
我感到我绽放着白色的花朵，
在清凉中将花萼[229]高高举起。

许多的花从春泥中拥挤而出，
它们的根在泥土深深处吮吸，
只为不再边掌握边屈膝，
向着从未给它们祝福的夏季。

我清晓被赋予的
歌，我时常咏唱给
黄昏，覆满藤蔓的
废墟，一片宁静。

我愿意将它们
次第排列成花环，
献给一位初长成的金发女子
作为礼物与首饰。

然而所有人中间

唯有我孤独无依；
于是我听任它们掉落：
它们像断线的珊瑚链
远远滚入黄昏里。

贫穷的话语，在日常中贫困，[230]
不显眼的话语，我如此喜爱。
从我的节日里我送给它们颜色，
于是它们微笑着，渐渐开颜。

它们的本质，它们忧惧地压制在身内，
清晰地更新，于是被每个人看见；
它们依然从未在歌唱中离去
它们战栗着徐行在我的歌里。

木制的贫穷圣人
我的母亲来赠送；
它们惊异，无语而骄傲，

在坚硬的长椅后面。

对她诚挚的辛劳，它们
无疑已忘记表达感谢，
可能只知道烛影摇红
在她冰冷的弥撒中。

然而我的母亲到来
送给它们鲜花。
我的母亲拿出的鲜花
全都出自我的生命。

如今我总是行走在同样的小路：
沿着花园行走，花园里玫瑰刚刚
为一个人预备好；
然而我感到：还长，还久，
这一切并不是对我的迎候，
我必须没有感恩没有声响
踽踽行过它们身旁。

我只是开始游历的人，

赠礼对我毫无价值；
直至来临那些更有福的、
清浅、寂静的形影，——
一切玫瑰才会在风里
招展如红旗。

这就是昼，昼间我哀伤地端坐王座，
这就是夜，夜里我跪倒双膝；
我祷告：让我可以将我的王冠
有朝一日从我的头上举起。

如果我必须长久地服侍王冠沉闷的压力，
我甚至不可以感恩地与王冠蓝色的
绿松石、菱形钻石[231]与红宝石
战栗地对视？

或许宝石的光芒久已逝去，
或许宝石被我的宾客“伤悲”窃走，
或许王冠里面甚至没有一个
我的所获？……

白色的灵魂带着银色的翅膀，
孩童的灵魂啊，依然从未歌唱，——
只是悄悄地在越来越宽广的圆里，
向着生活行进，因生活而恐慌，

你们不会对你们的梦失望吗？
当外面的声音将你们唤醒时，——
当你们从千种白昼喧嚣里不再
能够撕下你们歌曲的笑声时。

我置家在昼与梦之间。
那里孩子们互相追赶，燥热欲眠，
那里老人们安坐在黄昏里，
炉灶炽红，照亮他们的房间。

我置家在昼与梦之间。
那里晚钟清澈，声声荡远，
少女们因回声而拘谨，
疲惫地倚在水井的边沿。

一株椴树是我喜爱的树木；

一切夏天，在椴树里默然，
再一次摇动在千根枝条里，
再一次醒转在昼与梦之间。

有朝一日在青松的暮霭中
我从肩头、从腰间脱下
谎言一般的我的暗色衣衫，
我潜入阳光里，惨白而赤裸，
向我的大海展现：我年轻。

然后激浪将如同一场欢迎，
浪涛喜庆地将之为我准备。
每一浪涛都颤抖在另一个后面，——
我当怎样全然孤单地徐行，迎向
那让我忧惧的事物……
我知道：身边明亮的波涛在为我
编织一场风；
一旦风起，
我的双臂就会再次被高举——

你啊，我们全都在歌唱你，[232]
你独一而真正的基督，
你啊少年王，你是王，——
我独自一人：我的一切已然
迎着你走去。

你啊五月，为你的神情
我预备将我的双臂宽张：
你的气恼，你的踌躇时刻，
你的勇气与你的疲惫
在里面拥有一切空间……

你啊醒着的森林，在烈风的冬之中[233]
你竟然敢拥有一个春的感觉，
你悄悄令你的银装结了泉华，
因此我看见你的渴望绿意摇曳。

你的道路引领我不断前行，
我辨不清何处去、何处来，
但知道：你的渊深之前曾经有门——
如今已经不复存在。

你不必理解生活，
生活将会变得如同节日。
让你的每个日子发生吧，
恰如一个孩子不断前行
在一次次吹拂中
送出自己的无数花朵。

搜集和积攒花朵，
对这个孩子毫无意义。
他悄悄将花朵从发中摘下，
花朵曾这般喜欢被拘禁在里面，
他伸出双手，伸向着
新的、可爱的年轻岁月。

我愿变得像这完整的秘密：
不用头脑将那些思想思考，
只以韵脚递出一个渴望，
只用一切目光赠送一次轻悄的萌芽，
只用我的沉默赠送一阵战栗。

不再泄露，全然自保，

保持着孤寂；因为完整就是这样：
喧嚣的人群，只有深深屈膝滑倒，
仿佛被明亮的长矛挑落，
他们才会将心从自己的胸膛里取出，
圣体匣一样举起，用之祝福。

完全因倾听与惊异而寂静吧，
你啊我深深深深的生命；
你当知道风在欲求你什么，
尚在桦树林震颤之前。

一旦沉默向你言说，
且让你的感官得胜。
向每一缕微风屈服吧，认输，
微风就会爱上你，将你轻摇。

而后我的灵魂就会宽广，宽广，
你的生命就会完成，
铺展你自己吧，如节日盛装
在沉思的事物之上。

梦，沸腾在你深渊里的，
全都放它们离开幽暗吧。
它们如同喷泉，它们更明亮地
垂落，落入歌曲的音程
那水盘，复又落入怀中。

此刻我知道：孩童会变成怎样。
一切恐惧只是一个起始；
大地却没有终点，
忧惧只是神情，
渴望却是神情的意义——

天使谣

我抓住我的天使久久不放，
他在我的双臂中变得贫穷，
他变得渺小，我变得巨大：
刹那间我是那矜怜，
而他只是一声颤抖着的请求。

于是我给予他他的天国，——
他离开我的近旁，从那里消失；
他学会了滑翔，我学会了生活，
我们慢慢地彼此熟知……

自从我的天使不再将我守护，
他就能自在地将翅翼伸展
将星辰的寂静铺张，——
因为我寂寞的夜里他不必
再伸出恐惧的双手——
自从我的天使不再将我守护。

纵使我的天使不再有丝毫责任，
自从我严厉的昼将他赶开，
他也时常怀着渴望垂来面孔，
不再将天国钟爱。

他愿再次从贫穷的日子里
背负我苍白的祈祷越过
森林轰响的耸立
进入基路伯[234]的故乡。

那里他背负去我早来的哭泣
与谢忱，而我微小的
痛苦在那里成长成幼林，
在他的头上喁语……

如果有一天我在生土上，
在市集的喧闹与弥撒里——
将我童年绽放的苍白：
我真诚的天使忘怀——
他的良善、他的衣袍，
祷告着的双手、祝福着的手，——

在我最隐秘的梦里
我会始终合拢双翼
让双翼如一株白柏
在他的身后伫立……

他的双手停留如失明的
飞鸟，它们，骗取了阳光，
当其他鸟在巨浪上空
向持续的阳春迁行的时候，
却在虚空、叶凋的椴树林中
不得不对抗冬风。

他的面颊上是新娘的
羞涩，她们在灵魂的恐怖之上
将深紫的罗衾
为新郎铺张。

他眼中的光芒
来自第一日，——
但遥遥在一切之上
耸起一双背负着的翅膀……

众多的马多娜周围是
众多永在的少年天使，
他们拥有应许之地与故乡
在上帝开始的花园里。
他们全都按照等级耸立，
他们手持黄金的小提琴，
他们中最美的从未得允沉默：
他们的灵魂出自歌唱。
总是再一次他们全都
必须唱响那些深沉的赞美歌，
那些他们已经唱了数千次的：
上帝从他的光芒中下临，
而你是他的渴望
最美的外壳，马多娜·马利亚。

然而时常在暮色中
圣母变得疲惫复疲惫，——
于是天使兄弟们窃窃私语，
他们欢呼她再次年轻。
他们在庭院里节庆地
以白色的翅膀招手，
他们从灼热的心里
高高举起一段诗节：
一切，在美之中离去的，
将要在美之中复活。

祈祷

乌檀木雕成的严肃的天使啊
你啊巨大的安宁。
你的沉默依然
从未溶化在告解之手的
烈火中。
乞求火焰者啊！
你的祷告者
心怀骄傲：
如你。

你啊石化者，
你是凌越目光的开国
君王，拣选出
你的一个后裔吧，
向他公义地

显现，
你啊边缘沉思的
巨人。

你啊，向一切衰疲者
喂食恐惧的，
有一位比你
更大：你的影子。

倾听着的云在森林的上空。
我们何等地学会了爱它，
自从我们知道它们如何
作为唤醒的雨倏然撞击
梦着的庄稼。

而我预感到：黄昏之默里
是一个昔日的献祭风俗；
每口气息都在更深的呼吸中升起：

一个完满想要向下俯身

向跪伏着的黑色灌木丛。
星辰彼此分离，上升，
暗也在上升。

倘若你沿着墙在外面行走，
陌生的花园甬道上的

众多玫瑰你就无法望见；
但在你深深的信赖里你可以
感到它们如临近中的女人。

她们安然徐行，成双结对，
她们互相揽着腰肢，——
唯有红色的在歌唱；
而后那白色的伴着清香
悄悄、悄悄地坠落……

有一座城堡。逝去中的
纹章悬在大门之上。
树梢疯长如乞求的
双手，高高在那前方。

缓缓下沉的窗里
升起一朵闪烁着的
蓝色的花，在张望。

没有哭泣着的妇人——
花是最后的招手者

在这破碎的建筑里。

去小教堂，你必须向上攀登，
它被建造在一座小小山冈；
因为这贫穷的小村信任它，
它应当将小村的沉默守望。

然而春能够建造得更高；
它微笑着，明朗如白衣的新娘，
已然无法再望见自己的小屋，
只是望着春，钟声不再嘹亮……

这就是那些花园，被我所信赖：
那时花畦里的花开开始惨淡，
在砾石中在湮灭的树叶下
流淌着被椴树过滤了的沉默。

池塘里光闪的涟漪中

泳游出一只天鹅，从一边到一边。
它将用微光粼粼的翅膀
第一个把月亮的宽容带入
不再清晰的浅滩。

瞧啊，柏树变得更黑[235]
在草地，为谁
在未被涉足的林荫路上
座座雕像带着岩石的神情
持续地等待，将我们俯瞰。

我想与这些寂静的影像一样，
冷漠地从玫瑰里伸展而出，
从那些重来又逝去的玫瑰；
我想始终如池塘中的一片，
将常青的橡树幽暗的倒影
保持在心中，眼见数不尽的
黑夜巨大的预兆渐渐临近。

最初的玫瑰在苏醒，[236]
它们的芬芳是畏葸的
如一丝悄悄悄悄的笑；
轻快地以雨燕平张的
羽翼掠过白昼；

而何处你欲前去，
何处一切依然恐惧。

每一线微光都是畏怯的，
无一声响依然是温顺的，
夜是太新的，
美是羞惭的。

耀眼的道路，在光之前消失，
阳光的重量在一切葡萄地里。
而后刹那间，如在梦里：一道门，
宽阔地镶嵌在不可见的墙中。

门的木料久已在白昼里燃成灰烬；
但固执地持存在门拱边缘，

纹章与王冠。

你一踏入，你就是客。——谁的？
你战栗着望向荒蛮的大地。

他[237]倚立在教堂钟楼。
唯有旗帜与树梢
能够将他的等待预感，
它们惊恐地窃窃私语：风暴。

桦树听到这个词，柔弱地，
一株又一株互相支撑；
他的胡须飘飞
像一团失去颜色的火焰。

然后孩子们知道了这个词，
将母亲的神情找寻。
空气中的一个声音
像来自群群野蜂。

平坦的大地上有一个等待，
等待一个从未到来的宾客；
惶恐的花园再一次探问，
然后花园的微笑慢慢麻木。

而空闲的泥沼里
林荫路在黄昏中贫穷，
苹果在枝头恐惧，
每一阵风使它们苦痛。

是谁昔日将这寂寞的房屋建造，
我无法从任何地方得以探听。
甚至树梢也不敢喧然
在房屋的耸立周围簌簌发声。

公园里：每一个声音都已死亡——
一切颜色都在逃逸，
唯有红红红红的花在请求……
仿佛罂粟一定要将古老的谋杀[238]
总是再一次向一个个儿子
吐露。

就在那里，最后的茅舍存在，
而新的房屋，以绷紧的胸膛
从忧惧着的脚手架中挤出，
想要知道田野开始的地方。

那里春停驻，始终一半而苍白，
夏发着高烧在这些木板之后；
樱桃树与孩童正在患病，
唯有秋在那里拥有某种

谅解与遥远；时而
它的黄昏出自柔滑的瓷釉：
羊群苍茫，牧人身穿兽皮
幽暗地倚靠着最后的灯柱。

有时在深深的夜里，
风像孩子一样醒来，
独自出现在林荫路，
悄悄、悄悄走进村庄。

它一直摸索到池塘，

然后四下凝听：
房屋全都惨白，
橡树全都喑哑……

我们想要，当月夜再临时，
将对大城市的哀伤忘怀，
我们离去，紧紧靠着栅栏，
与被拒绝了的花园隔开。

谁此刻认出了花园，白天花园曾经
伴着孩童、鲜亮的衣裳、夏帽，——
谁认出了花园，这般孤独地伴着花朵，
池塘开敞，无眠而卧的

塑像，喑哑地停在幽暗里，
恍然悄悄挺身站起，
林荫道入口的雕像，明亮，
更加顽石，更加静寂。

道路形同被解开的发缕，彼此
相依，安静地，向着一个目标。

月亮行在草坪的半途；
鲜花淌下的芬芳如泪。
秘密垂落的喷泉上空，
喷泉表演的冰冷痕迹依然
停在夜气里。

少女群像

从前你发现我的时候，
我这么小，这样小，
我开花如一根椴树枝
只是静静向你伸去。

我因为小而无名，
我渴望着这样前去，
直到你对我说，我已太大
对于每一个名字：

于是我感觉到：我是一个
伴着神话、五月与海洋的，
好像葡萄的芬芳，我
让你的灵魂感到沉重……

许多渡船在河流上，
其中一艘稳稳带来他；
然而我却不能亲吻，
就这样他经行而过。——

外面已是五月。

我们老旧的五斗橱上
燃烧着蜡烛两棵；
母亲正在与死者对话，
她的声音分成了两个。

我小小地站在寂静里，
我不曾到达那个陌生的、
母亲慌怕地认出的国度，
我仅仅耸起到床沿边，
只是找到母亲苍白的、
我得到过祝福的手。

然而父亲，疯癫发狂，
把我高高扯向母亲
给过我祝福的口。

我是一个孤儿。从没
有人唯我之故带来
那些使孩子变得坚强、

得到安慰的故事。

从哪里这些突然为我而来？
是谁把它们运送给我？
因为它们我知道了一切传说
和人们在海上讲起的。

我曾是个孩子，我梦见许多事，
可还不曾拥有五月；
那时一个男人带着弦琴
从我们的院子经过。
那时我害怕地抬头望去：
“母亲啊，让我自由……”
　　在他的琉特第一个乐音里
　　有什么已把我断裂为二。

他的歌曲开始之前，我就知道：
那将是我的生活。
别唱，别唱，你啊陌生的男人：
那将是我的生活。

你歌唱我的幸福、我的辛劳，
你歌唱我的痛苦，然后：
你歌唱我的命运，实在太早，
于是我，我开花又开花，——
永远不会再经历那个命运。

他歌唱。然后他的脚步音响起，——
他必须继续前行；
他唱我从没痛苦过的痛苦，
他唱从我手里滑落的幸福，
他带走了我，他带走了我——
没人知道去哪里……

少女的谣歌

你们少女啊好似花园
在四月的黄昏里，
春在好多的船儿上，
但无处是目的地。

如今她们全都已经自己成为女人。
已经失去了孩子的身与梦，
已经生下孩子
已经生下孩子，
她们知道：这些大门里
我们都会伤悲中白发日增。

她们的一切在房屋里拥有空间。
只有《万福马利亚》的声音
在她们心里还拥有一个含义，
于是她们疲惫地走出来。

当道路开始疯长的时候，
从苍白的Campagna[239]袭来阵阵寒凉：

她们回想起自己古老的微笑
就像一首古老的歌谣……

我沿着小巷前行，
棕肤少女们全都
坐着、望着、惊奇着，
在我的行走背后。

最后其中一位开始歌唱，
她们全都打破沉默
微笑着弯下躯身：
　　姊妹们，我们必须向他显示
　　我们是谁。

你们是女王啊你们富有。
你们在歌谣周围富有得
胜过那些开花的树。

真不是吗，这个外国人惨白？
然而更加、更加惨白的
是他心爱的梦，
就像池塘里的玫瑰。

这些，你们立刻觉察到：
你们是女王啊你们富有。

波浪从不对你们沉默，
所以你们也该从不安静，
也该波浪一样唱歌；
那意欲进入你们本性深处的，
化作了旋律；

美的羞惭可曾使声音在你们心中
重生？
一个年轻的闺怨唤醒了它——
为谁？

歌谣出现了，如渴望一样出现，
又将伴着新郎慢慢

消逝……

少女们看见：只只小船
从远方向港口归航，
她们张望，羞涩而成群结队，
白色的水是何等的沉重：
因为这就是黄昏的风格，
仿佛成为一个恐惧。

就这样没有一个归来者：
从疲惫的大海上到来的
是舰船，黑色、巨大、空空，
没有信号旗在船顶飘扬：
好似所有人都被什么人
击败。

你们少女啊好似小船；
你们始终被紧系

在时辰的岸，——
为此你们一直如此惨白；
毫不留恋地

你们想要将自己送给风：
你们的梦是池塘。
时而滩上的风将你们
带起，直到锁链紧绷，
于是你们爱上了风：
　　姊妹们啊，现在我们是天鹅，
　　正在金色的丝缕上
　　将童话的贝壳描画。

金发的姊妹边走边欢快地
把金色的秸秆编结成束，
直到一切大地在她们面前
开始炽红就像黄金；
于是她们互相问：我们
到的是怎样的神奇之地。

黄昏让花朵感到沉重，

姊妹们羞惭地站立，
她们伸出双手，
她们久久倾听，她们空茫微笑，——
她们每个人都在渴望：谁
是我们的新郎……

那些金发的编结女走在
黄昏大地的光芒里的时候：
　　她们都是女王
　　都在遐想都在开始
　　为自己加戴冠冕。

　　因为她们生活在其中的光，
　　是一个浩大的恩典——
　　从她们之中发源而来，
　　她们编结成束的秸秆，
　　吮吸了她们的少女泪——
　　变成黄金变得沉重。

在花园全然开始
热衷于良善之前，
少女们立在里面，震颤着
因犹豫着的经历，
她们将双手从狭窄的恐惧中
伸出，伸入风里。

她们穿着羞怯的鞋行走，
似乎在紧按自己的衣裙；
这是她们的最初的姿势，
被她们在节日的感觉中
迎着自己的梦做出……

所有街道此刻
都笔直通往黄金：
女儿们在门前
曾如此将之欲求。

她们向长辈们不说别离，
而说：她们要流浪远方；
她们如此地轻松、解脱，

别样地互相牵着手，
在别的人的衣褶中
她们的衣袂飘飞
在浅色的形象周围。

你依然对幼林之秋毫无预感，
浅亮的少女们欢笑着走在里面；
只是时而葡萄的芬芳好像
遥远美好的回忆将你亲吻，——
她们倾听着，其中一位吟唱起
关于再见的一首苦痛的歌。

轻悄的空气里藤蔓蜿蜒，
仿佛有谁在挥手别离。——小路旁
立着所有的玫瑰，满怀思绪；
它们的夏在它们眼中病恹，
垂下明亮的双手，
悄悄，因自己成熟的行为。

众少女唱道：

母亲们提到的时刻
并未在我们入睡时到来，
里面一切依旧光滑清晰。
它们告诉我们，它们破碎
在一个狂风漫卷的季节。

我们不知道：那是什么，狂风？
我们一直住在教堂钟楼的深处，
我们只是时而远远听见
森林在外面摇荡；
曾经有一颗陌生的星留下
停在我们中间。

而后来一旦我们在花园里，
我们就颤抖，于是开始了，
我们等待着，一天又一天——

然而无处有风
能够将我们弯折。

众少女唱道：

我们长久地在光中欢笑，
每个人都为每一个人[240]
将丁香花与木樨草
采撷，像新娘一样喜庆——
都曾是一个谜、一次谈话。

后来以夜的名字
寂静慢慢化为天星。
于是我们仿佛从一切中醒来，
彼此遥遥离远：
我们学会让人哀伤的渴望，
就像学会了一首歌……

众少女在花园的坡道上
长久地欢笑，
她们用自己的歌唱
就像用不断的行走
使自己疲惫神伤。

众少女在柏树林里
颤抖：时辰已开始，
她们不知道一切事物
属于谁。

一位少女唱道：

我曾经是遥远异国里的孩子，
最终我：可怜[241]、柔弱而盲目——
悄悄离开我的羞耻；
我等待在森林与风的背后，
久已确定地等待我自己。

我孤独无依我远离家园，
我静静地想：我看上去怎样？——
—— —— —— —— —— ——
要是有人问我是谁？
　　……主啊，我正年轻
　　　　　　我金发飘然
　　我掌握过一次祈祷
我在走，一定是徒劳地身披阳光

陌生地走过自己身旁……

又唱道：[242]

想必有什么在引领我，
但不是风；
因为地点与门
是如此多。
　　　谁
我当向他探问一切？
我当始终只是走，
像在梦中一样忍受着
山峰与城堡耸立
在陌生之海的
边际？……

又唱道：

我们彼此全都亲如姊妹。
然而黄昏时分，我们寒冷瑟缩，
慢慢地失去了彼此，
而每个人都愿意对自己的
女伴窃窃私语：现在你正在害怕……

母亲并不告诉我们我们身在何处，
她听任我们全然孤独，——
何处恐惧结束而上帝开始，
何处我们或许愿意存在……

少女向马利亚祈祷

使什么在我们身上发生吧！
看呐，我们依照生活颤动着。
我们想要高升
如光芒如歌。

你想要像其他人一样，
羞涩地衣着清凉；
你的灵魂想要丝绸一般
把自己疲惫的少女之苦
不断绽放在生命的田埂。
然而从你的疾病深处
一股力量贸然攀缘而出，——
阳光焚燃，种子沉落：
而你变得好像葡萄。

此时你甜蜜而厌倦
好像黄昏在我们所有人身上，——
我们感觉到自己在下落，
而你使我们全都衰弱……

瞧，我们的白天这么狭窄，
夜室也充满了惊怕；
我们全都笨拙地伸手
向那红红的玫瑰花。

你一定要待我们温柔，马利亚，
我们从你的血里开花而出，
只有你能够明白，为什么
渴望会如此让人痛苦；

你真的曾亲身看清了
灵魂的少女之痛：
灵魂摸上去如圣诞夜的雪，
其实却全然站在了烈火中……

意义为我们停留，从如此众多中，
我们刚刚拥有了某一种知情，
从温柔与柔婉里：
如同从一座隐秘花园，
如同从一个丝绒软枕，
在我们安睡中向我们拥来；

如同从某个物中，那物将我们钟爱，
以一种纷乱的柔情，——

然而众多的话已经遥远。

众多的话已经逃逸，逃离了意义，
逃离了世界。
这些话顺从地围着你的宝座
如同围着一个上升的音，
圣母马利亚啊，曾经；
而你的儿子
在向这些话微笑：

看你的儿子啊[243]。

最初我想成为你的花园，
拥有藤蔓与路边花坛，
我想要把你的美遮暗，
好让你愿意向我回返，
带着母亲孱弱的笑颜。

但那时——你来而又去，
有什么与你一同到来：
它呼唤我去红色的花畦，
你却在白色的花畦向我示意。

我们的母亲已然疲惫；
我们慌恐地拥向她，
她却听任双手垂下，
她相信远方的人声：
　　哦，我们也已经开花！

她缝着那些被我们
快速撕碎的白色衣裳，
在陋室积尘的光里。
我们的双手虔诚地奋力，
而她却对我们滚热的手
看也不看……

我们必须向你显示这双手，
在母亲已不再醒来的时候；
它们将在夜里升起，

就像两道白色的火焰。

我曾经这般孩子般冷淡：
我遭遇的一切如同一个忧惧。
如今每一个恐惧都离我而去，
依然温暖我的面颊的只有这：
　　我害怕情感。

不再是那山谷，山谷中一支歌
护佑一般展开自己明亮的双翼，
而是教堂钟楼，从田野里逃离，
直到我的渴望从高高的楼沿看去，
颤抖着与陌生的力量搏击，
如此幸福地把它从雉堞上拖下。

马利亚啊，
你在哭泣，——我知道。
所以我愿哭泣，

哭获你的赞美。
用额头撞击石头地
哭泣……

你的双手滚烫；
如果我能在下面为你推动琴键，
就会有一首歌为你而流连。

但时辰已经死去，没有遗愿……

昨天我在梦中看见
一颗星静静停驻。
于是我感到：马多娜在说：
跟着这颗星在夜里开花吧。

我接受了一切劝告的力量。
我从衬衣的雪中伸展出来
笔直而细长。——而开花
让我骤然苦痛……

为什么，为什么从你的怀里，
马利亚啊，出来这么多的光，
还有这么多的悲伤？
谁是你的新郎？

你呼唤，你呼唤，——而你忘记了
你不再是那同一个，
那冷淡地向我走来的。

我却依然这样青春如花。
怎样我才能踮起足尖
从童贞到领报[244]
穿过一切你的暮色
走进你的花园？

你严肃的天使把一个人
安置在渴望的边缘
吩咐他对我的
姊妹们说：你们必将哭泣——
因为玫瑰的纯洁
对一切的磨难与苦痛

如同太初的一个游戏。

由于她们压抑地猜想
那被童年童贞地忍受过的，
所以她们微笑着走在牙齿之间，——
但她们不带一滴泪水
进入新的苦难……

啊，我们必将这样无止无休！
依旧展开又展开，
而我们已经把冰冷的痂皮
长久、长久地当作根由。

是不是我们彼此相连，
畏惧中相握得越来越紧，
慢慢地，好像离开井边旋花，
听任自己继续飘入自身：

没有一人能够用苍白、盲目的
双手，摸索着发现我们的深心。

我的浅色头发成为我的重负，
好似有一根深色的柠檬枝
在里面乱掘，
而那柠檬枝已在开花时失去光泽，
变得更加沉重，由于它已几乎
不曾完满地感受到春。

　　请你拿走我
　　忧惧的装饰吧！
你依然清凉翠绿，
由于你的荆棘丛中
少女桃金娘[245]在为你开花。

而在一切古老岁月里
我曾欢庆而欢喜
如美丽的天使群
将你的神迹围绕：
……我的母亲如此像你……

而我开始哀伤，自从
她的亲吻使我苍白失色；

我的凝听、我的匆促、
我的预感，是一个摸索，
摸索着新的柔情。

他们全都说：你有的是时间，
你能缺什么呢，孩子？——
　　我啊缺一件金首饰。
我不能穿着童装行走，
在所有人都预备好做新娘
浅亮而圣洁的时候。

我不缺什么，除了一点点空间，
我中了一个魔法，
我的梦变得越来越窄。
只有空间，我才能高高举起
双手，从丝绸的边缘一直
举向开花的树……

假如这剧烈、狂野的
向往让我的姊妹们感到沉重[246]，
她们就会逃向你的画像，
而你伸展着，你啊宽柔者，
你在她们的面前就像海。

你温柔地向着她们潮涨，
她们在你的道路上向着
你的深处逃去——她们看见，
愿望更轻悄地横亘着，
然后作为一阵蓝色的夏雨
向柔软的岛屿落去。

祈祷之后：

我却感到我变得更温暖
更加温暖，女王啊，——
每个黄昏我都更贫穷，
每个清晨我都更疲惫。

我撕扯着白色的丝绸，

我羞怯的梦在呼喊：

　　啊，留给我你苦中的苦[247]，

　　啊，让我们两个

因同一个神迹而受伤！

我们的梦是大理石的赫尔墨斯，[248]
被我们安置在我们的神庙里面，
我们用我们的花冠使它们明亮，
我们用我们的渴望使它们温暖。

我们的话语是黄金的胸像，
被我们带入我们的白天，——
栩栩如生的诸神耸立着，
立在另一海岸的清凉里面。

我们始终在*一个*衰弱里面，
无论我们精力充沛还是在静息，
然而我们拥有光芒四射的影子，
那影子正在做着永恒的姿势。

露台上面依然是白天，
我感到一个新的喜悦：
若我此刻向黄昏抓取，
我就能从我的寂静里
向每个小巷播撒黄金。

我此刻离世界如此遥远。
以世界迟晚的光芒，我
修饰着我真诚的寂寞。

我感到，似乎有谁此刻
正悄悄拿取我的名字，
这么柔情，于是我毫不羞惭，
且知道：我不再需要任何人。

正是这些时刻，我找到了自己，
草地在风中暗暗翻滚，
所有的桦树树皮烁闪，
那是黄昏临到了它们。

而我生长在黄昏的沉默里，
愿以众多的枝条开花，
只为与一切跳起圆圈舞，
舞入统一的和音……

黄昏是我的书。封面[249]
紫色地闪耀在它的锦缎里；
我解开它金色的襻带
两手冰凉，从容不急。

阅读它的第一页，
因谙熟的声音而欣悦，——
更轻悄地阅读它的第二页，
然后我梦见它的第三页。

时常我在畏怯的观看者中感觉到
我深陷在生活里。
文字只是围墙。
墙后越来越蓝的山中
烁闪着文字的含义。

生活的标记我一无所知，
然而我将它的大地倾听。
我听见坡上的钉耙，
三桅帆的泳游，
还有浅滩上的寂静。

而这就是我们的第一次沉默：
我们将自己赠与风，
我们颤抖着成为枝条，
我们向五月里凝听。
一片阴影在道路上，
我们倾听，——一阵雨潺潺：
整个世界迎着它生长，
为了趋近它的恩典。

然而黄昏变得沉重：
一切此时都形同
失去恃怙的孩童；大多
都彼此不再相识。
缓缓走在房屋边沿，
仿佛走在陌生的国度，
倾听着每一座花园，——
几乎不知道花园一直
在等待那一位出现：
看不见的双手悄然
从一个陌生的生活里
举起自己的歌。

我们此时全然恐惧孤独，
拥有的只是彼此的相握，
每句话都仿佛一片森林
横在我们的流浪之前。
我们的意志只是风，
将我们催促、旋转，
由于我们本身就是渴望，
伫立在花的里面。

我如此畏惧人的话语。
他们说出的一切如此清晰：
这个名为狗，那个名为屋，
这里是开始，那里是结束。

我也害怕他们的思想，他们嘲讽的把戏，
他们知道将是与曾是的一切；
不再有山会让他们感觉神奇；
他们的花园与庄园毗邻上帝。

我始终想警告想阻止：离远些吧。
我如此喜欢凝听事物歌唱。

你们动了它们：它们已经僵固喑哑。
你们杀害了我一切的事物。

我称你为上升还是下沉？
因为我时而对黎明感到害怕，
我胆怯地抓向它玫瑰的红——
我预感到它的长笛里有一丝恐惧，
恐惧于无歌而漫长的白昼。

然而黄昏温婉而属于我，
因我的眺望而静静地照耀；
我的双臂中森林纷纷睡去，——
而我是森林上空的鸣响，
我与小提琴里的暗结成
亲缘，通过一切我的幽暗。

沉落吧，你啊徐缓的Serale[250]，
你从节日般的远方流出。

我迎接着你，我是碟盘，
将你接纳、保存、不泼洒丝毫。

静吧，请在我里面清澈，
寥廓、轻悄、消融[251]的时刻。
那形成在我的盘底的，
让我看看吧。我不知道它是什么。

能有人告诉我，何处
我的生命足够我去往？
是否我依然没有狂风里徘徊，
作为波浪居住在池塘，
是否我还不是那棵苍白、惨淡、
瑟缩在春天里的白桦？

无论我们如何将一切在夜里命名，
也不是我们的名字让事物巨大：
飞来的箭，强劲而瞬息，

来自于弓，绷紧在表演里的弓。

而恰如朝圣者，不期而至，
当最后一道帘幕的褶皱垂落时，
望向圣杯在流血的祭坛，
无法再从得救中回返：
就这样箭冲入靶环，
在目标的中心颤动着停下。

夜增长着如同一座黑色的城，
城里按照喑哑的规则
小巷与小巷交结成网，
广场连接着广场，
很快就会拥有千座尖塔。

然而黑色的城的那些房屋，——
你不知道谁安家在里面。

城的花园沉默着的光里
圆舞着的梦排列成舞蹈，——
而你不知道谁在为它配声……

甚至你也亲历了这些，我知道：
白昼衰疲在穷巷，
它的爱犹疑地变得轻悄——

于是一个别离在周围的圆里：
疲惫的重墙在赠送自己，
窗的最后一瞥，明亮而滚烫，

直到事物彼此不再有所区别。
半在梦中它们互相低语：
我们全都秘密地打扮，
全都穿上
灰色的绸缎，——
我们两个之中，谁
此刻是你？

当时钟近得恰如
在自己的心里敲击的时候，
事物以畏葸的
声音彼此相询：
你在吗？——：

我就不是那个，清晨醒来，
被黑夜赠与一个名字的，
那个名字，我在白天说，
无人不战战兢兢地闻听——

每一扇门
都在我的里面屈从……

于是我知道，没有什么消逝，
没有姿势，没有祈祷，
（为此事物变得太过沉重）
我整个童年一直
围立在我的四周。
我从不孤单。
许多，在我之前活过
然后离开我径直而去的，
交织着，
交织
在我的存在里。

而假如我坐到你身边，
悄悄对你说：我在受苦——
你在听吗？

谁知道谁
在一起口吃。

我在梦里知道了，
梦是对的：
我需要空间
就像需要整个家族。

我不是一个母亲所生。
千个母亲
在病孩子身上
失去了她们给予他的
千个生命。

你别怕，紫莞[252]也已老去，
狂风也将枯萎着的森林播撒到
湖的冷静里，——
美从狭窄的形象中生长而出；

在成熟，以温情的强力
打破古老的容器。

美来自树木，
进入我进入你，
不是为了静息；
夏为它而节日般欢庆。
美从饱满的果实里逃离，
从令人陶醉的梦里升起，
贫穷地进入日常的行为。

　　你不可一直等到上帝走向你
对你说：我在。
　　一个承认自己强大的上帝
毫无意义。
　　此时你必须知道，从太初起上帝就
飘进了你，
　　而一旦你的心为你炽红，什么也不泄露，
他就会在里面创造。

白衣侯爵夫人[253]

海滨一幕

翻译底本

Rainer Maria Rilke, *Die frühen Gedichte: Des Buches „Mir zur Feier“ Zweite Auflage*, Leipzig Im Insel-Verlag, 1909.

校勘版本

Rainer Maria Rilke, *Die frühen Gedichte*, Leipzig Im Insel-Verlag, 1918.

Rainer Maria Rilke, *Die frühen Gedichte*, Leipzig Im Insel-Verlag, 1922.

场景

舞台后区

侯爵别墅（近16世纪末）。五拱的凉廊上一个简单、封闭的壁柱楼层。其前是雕像所围绕的露台，有阶梯宽大的台阶向下通向花园。别墅后背景上，是庄园。

舞台中区

花园；月桂丛、桑葚树，正中是通向台阶的悬铃木林荫路。前左一张放着软垫的石长椅，多乳[254]女神画柱。

舞台前区

岩石嵯峨的海滩（带有栈桥），大海，从观众方向场景（陆地）均匀摇荡。——别墅映照出天空与海的辽阔。

人物

白衣侯爵夫人，其妹蒙娜·拉拉，管家阿马代奥，两个戴黑面具的修士[255]，一个信使。

白衣侯爵夫人 倚在前台石长椅上。身穿柔软的白色长衣。眼中是等待与倾听。

暂停。

阿马代奥（老生） 着黑色家居服，神色庄重。深施礼。侯爵已走。

白衣侯爵夫人 悄悄颔首。

暂停。

阿马代奥（老生）

您有何吩咐？

暂停。

白衣侯爵夫人

沉思

这是第一次，侯爵离开我们，

真不是吗？

阿马代奥（老生）

第一次，自从您新婚大典。

白衣侯爵夫人

那是很久的事了。

阿马代奥（老生）

已十一载，自从我等装饰门庭

迎迓您。

暂停。

白衣侯爵夫人

真想不到已经过了许多年。

那时我还是孩子。

阿马代奥（老生）

我依然记得；

花冠于您的头犹为时过早——

惶恐地犹豫了一下

但孩子们都已变成女王……

白衣侯爵夫人

是的，人们夺走她所有玫瑰
与所有神话，
环绕她的头
以成熟的橙花，
直到她相信的那些影子，冰冷地
从早来的新娘花冠流淌到她的身上：
就从孩子变成了——女王。

暂停。

站起，更加活跃

伯爵带了许多仆人去森林？

快速地

打发走所有人，为我空出大厅，
莫让我在走廊里遇到谁；
一定要让我感到，我今天过来
是来唱歌，是来用密实而
沉重的果实串
缠圆柱。

阿马代奥（老生）

遵命，我会寻个借口
将仆从都撒到风里；
不过我可以操办您的今日吗？

白衣侯爵夫人

不可以。你也走。我记得，你早就想

去彼得拉桑塔[256]看你的孙儿。
今天你可以成行了。

阿马代奥（老生）

蒙您如此善待……

白衣侯爵夫人

我不是心善。我能赠送你自由，
缘于你赠送给我同样的自由。
缘于你如此眷恋蒙娜·拉拉，
就带她一起去看你那些伶俐的小孩吧。

阿马代奥（老生）

这是您恩赏我的金玉。

白衣侯爵夫人

还有，别忘了，带上丝绸与亚麻布料，
从我柜子里拿，
您能带多少就带多少。

阿马代奥（老生）

您使我等富贵了。

白衣侯爵夫人

但愿能够使您无忧！
谁还有时间——生命就这么多——，
谁还有时间思考困境、思考小事，
大事件正醒在我们心中。
不该痛哭，不该大笑；
应该像一叶轻舟荡远，

倾听自己的楫棹欸乃。

暂停。

请原谅，我说出了思想。看呐，
思想在我心中层层堆积，这样罕见，
这样年复一年。我像一个写诗的人，
像一个垂暮的老者，在心中
找寻着这个那个。——哎，去吧，
您回来的时候，请告诉我
一个孩子会因为什么喜悦。喜悦
就在您面前。或许也在我面前。
我们彼此体谅吧。

阿马代奥（老生） 深施礼。

穿过悬铃木林荫路，向房屋走去，横穿过露台。

暂停。

白衣侯爵夫人 完全踏入海岸的边缘。眼中是大海。缓缓举起双臂，遥遥张开片刻。

暂停。

蒙娜·拉拉 自露台走下来。

身穿褪了色的蓝松身薄裙[257]。悄悄伸臂揽住侯爵夫人。二人望向海。

暂停。

蒙娜·拉拉 悄悄地

让我留在你身边吧。

暂停。

白衣侯爵夫人

你很爱孩子，不是吗？

蒙娜·拉拉

我爱你。

稍停。

白衣侯爵夫人

你并不知道我是谁。

蒙娜·拉拉 转头看着姐姐的脸。

白衣侯爵夫人

你啊小乖乖……

蒙娜·拉拉

是不是我们在梦里
偶尔不会老去？
梦里我看见你。梦里你像一棵树。
你孤独地站着，因绿色而年轻，
被黄昏映红。
我走过去，走到近处，
我看着、我大声说：你还不曾开花。
我问你：何时你会开花？

白衣侯爵夫人 悄悄地拉着蒙娜的双手。

想象一下吧，梦还没有过去。
深深在梦里吧，你啊沉睡的人儿。让它成为
你的梦，也成为我的梦。倘若你时常做梦，
你就也会知道，梦是何等

出人预料地驮负着我们。梦转身，梦
人立而起，梦充满危险。
梦奔跑，梦疾驰，然后再度静伫，
不欲继续；梦颤抖着，
恰似马在颤抖，当某处
恰恰同一位骑手再一次
迎面走来，恰恰走向同一个动物的时候，
它因同一位主人而面孔扭曲面色灰白——。
所以，并不真的我们做梦而毫无预见。
你知道，梦里会发生如此多的
事情。那些事情会如此地变化。
无声地你沉沉睡去像一朵花，
或许你会惊醒在一声惊呼里……

蒙娜·拉拉

但是梦终究是梦。梦来、梦去，
清晨一到，房屋就光辉熠熠，
所有的梦看上去也迥然不同……

白衣侯爵夫人

梦却永远编织进我们心中。
想啊，任何一种生活不是被经历得
胜过你的梦景？胜过你的生活？
你睡着，独自。门闩着。
无事会发生。但是，被你映照着，
一个陌生的世界垂落进你的心。

暂停。

所以我时常躺着。外面是一场漫游，
一阵脚步声，走近，又走远；
而我感到的却是另一个人的心跳，
它在外面跳动，我在它里面忍受。
我忍受着它，像动物忍受着死，
我无法对谁说我曾经怎样。
然而清晨时她们梳理我的头发，
我总是再一次穿着打扮，
为了一天——；恍然是为了一年。
我感到，似乎整个一生都停止了，
在我醒着的时候；发生的一切
都在梦经过的时候落入我的手中——
然而此时我知道：一切依然在那里。
世界是巨大的，在我们的心中
深如海底。几乎无须说什么，
无论一个人醒着还是睡着，——
他*其实*已经背负了自己的一生，
他的苦难依然存在，他的幸运
并未流逝。深深在艰难的安宁里
必然之事在半明之中发生，
他的命运最终容光焕发地
依然临到他的头上。

蒙娜·拉拉

我不明白，姐姐，你所说的话。我只是
看着你。你的一切都让我
苦痛。你是如此难懂。
而我却想更加了解你。
我想在你的枕上睡
一夜。我想在清晨梳理你
温暖的发——三小时——在我的手臂
还有力气的时候。我想服侍你。

白衣侯爵夫人

你从未让我感觉到如此成熟。

蒙娜·拉拉

我想与你同哭——

白衣侯爵夫人

我没有哭。我在想念一个[258]。

蒙娜·拉拉

你清楚地想念他吗？
我就这么愿想念一个人，
然而我无法专心致志于一个人；
每个人都在我面前如此离奇地洇散。

白衣侯爵夫人

我感觉到他一年比一年更清楚。
他曾经握过你的手。
（那时你还小。）

他只是你众多大人形象中的一个形象，
我感到他并不属于我。
后来在一个夜里属于了我，那些夜中的一个，
那些我长久而无法平复地
哭泣着的夜，那些我哭泣的时候
他的影像形成在我的手中的夜。
从此他的影像在我心里成长，
像孩子一样成长；
如今已是男人。

蒙娜·拉拉

这可能就是：深深地遗忘，
只为深深地思念……

白衣侯爵夫人

我们是渐渐昏暗的井
属于那坠落中远去之物——

蒙娜·拉拉

我的白天呢？还有那一夜又一夜？
我该等待吗？——上帝啊，生命的一切
多么漫长而缓慢。

白衣侯爵夫人

你啊我亲爱的小妹，莫害怕；
想啊，这一切都是我们的梦；
短暂的能够变得久长，久长的
没有终点。时间就是空间。

她两手捧起蒙娜·拉拉的头，亲吻她的额，长久而柔情。阿马代奥（老生），已经在林荫路上站了片刻，此时小心翼翼地走近；施礼。

阿马代奥（老生）

侯爵夫人——

白衣侯爵夫人

您还未离去？

阿马代奥（老生）

乞谅。

我等正待动身，

来了一位信使，风尘仆仆，

带着一封信；此刻正候在厅里。

白衣侯爵夫人

我见他吧。

阿马代奥（老生） 施礼。

白衣侯爵夫人

蒙娜·拉拉下次陪您

去见您的金发孙儿吧。

蒙娜·拉拉 对阿马代奥

我们下次早些骑马过去，

找一个夏天的清晨，您与我；

我的老朋友，今天我就遥遥问候他们吧，

我已经太哀伤太严肃……

阿马代奥（老生） 深施礼。走进屋。

蒙娜·拉拉　若有所思地微笑

为孩子们太隆重。竟是个孩子。
真不是吗？否则呢。有些什么已经变化，
有些什么已经从我身上落下。但是还未
开始下一个。我的手是
第一次飞越大海的
候鸟；无处容身。
正试图从这片和那片波浪上
察觉出回来的路——

白衣侯爵夫人　拉着她的双手，观察着

它们彼此孤独；但却成群地飞翔，
飞在同一条路上，向着炎热的山冈；
天空卧在百万羽翼之上。
大家都取得巨大的温暖。

期间信使疾步走在林荫路上，越走越近；蒙娜·拉拉看到他，让开路，面朝他看去。突然，仿佛充满恐惧

蒙娜·拉拉

我应该进屋吗？你愿意一个人吗？

白衣侯爵夫人

不。你要走，也只是表面上走了。
因为走不过意味着一棵又一棵树
从你身边走过。那个，你所是的，却几乎没有挪动。
你既没有离开，我也并不孤独。

信使向侯爵夫人走近，递给她一封信。

然后一直返回到林荫路入口。

侯爵夫人打开信，读也没读，就递给了蒙娜·拉拉；她微笑着。

白衣侯爵夫人

消息我知道。读吧，早就知道。

蒙娜·拉拉　聚精会神、近乎吃力地读

“而当你招手……”这是什么意思？

白衣侯爵夫人

要我独自一人。要我控驭这里。

说他的帆船会停靠在海滩。

说谁要出卖我们，我就

掐死谁：在这儿，用这只手。

蒙娜·拉拉　惊异地

就是说他要来，今天，到这里？停靠

在庄园这里，真的，如一个宾客？

白衣侯爵夫人

你还不知道？

蒙娜·拉拉

我差不多感到

今天会有什么事发生在我们身上。

突然钦佩地

你啊可爱的人儿，你啊神奇的人儿，强大的人儿啊。

白衣侯爵夫人　沉思

他还送来一封信，这个大孩子。

这可爱的男孩，他还一定要写：
“瞧啊，我来了”……我的血[259]难道瞎了？
而且又来了一个信使。一百个信使，
我今天已经接待了。芬芳与风，
歌唱与静，远方辚辚车声，
鸟鸣，还有你，你的意欲停留——
还有什么不是信使？多少信使
站在我心之前，——走进我的听觉，
拥挤在我的血管——啊！
而他还担心我会将他遗失。

蒙娜·拉拉

我能理解，他想千般
自我保护。如果有什么还会发生，
如果一个宿命转变方向、将要来临，——
啊，竟是何等的恐惧啊，这来者的
巨大的临近……

白衣侯爵夫人

信使。
他还在等待，我们忘记了他。

招手。信使迈步向前，施礼。

您当恢复一下体力，朋友。阳光照耀着
您的书信。道路遥远且炎热。
您来自卢卡？

信使

如您所言。

白衣侯爵夫人

我明白了。

城里怎样了？

信使

尊贵的夫人，

城是灰色的。灰如这灰尘。

城立着，似乎欢乐不会来临一样。

城完全没有声音，只是门前，

我走的时候，门卫们正在殴斗，

他们向我叱骂，停下殴斗向我追来。

我感谢上帝没有让我缠身在

这场斗殴中。我安然脱身出来——

白衣侯爵夫人 *在前台的长椅上坐下；之后越来越少地听信使说话，陷入自己的沉思，大睁着双眼望向海*

一路漫行，我估计，充满了勇气才可，

安然无恙吧？路上毕竟还好？

信使

路上是好的，尊贵的夫人。尽管路上

荫影稀微。但好过

穿过一座座村庄。穿过村庄

窘困的尖叫就像穿过利刃。

那就是死，尊贵的夫人，是死。

我看见一座房子，门里喊叫着
一个怀孕的女人，撕扯着自己的头发。
许多妇人，并未怀孕的——
这制造了恐惧，我认为——她们像孕妇一样喊叫。
这儿那儿有人从我身边走过，
忽然抓向无凭之物，
咬嚼着空气，从蓝色的嘴的咬嚼里
突然涌出一声喊叫。
一声喊叫，话是如此，谁受得了惊扰？
我听过许多男人喊叫，
也偶遇过我自己的喊叫；
但我从未听见过谁喊叫得像他。
是的，有些事是无法忘记的：——
那是恐惧，在动物的身内的，
那恐惧属于女人们，当她们迷乱地分娩时，
那恐惧里面包含了小小孩童们的恐惧，——
这些抓住他，将他抛出，
这些就这样，似乎一定要把他撕碎。

蒙娜·拉拉　*呆呆地注视着信使，胆怯地退回到石椅。勉强开口说*

那是在圣特伦佐吗，您所说的？

信使

不是，高贵的小姐。是在韦扎诺。
圣特伦佐是清静的。我走进

圣特伦佐的一座教堂，
在唯一的祭坛的光里，
我祈祷旅途平安。我完全一个人。
但是在萨尔扎纳，在大教堂里，
他们在唱歌。我说的是什么，唱歌？不，
那也是喊叫：就像一瞬间
大约七百人与管风琴一起喊叫。
他们跪着，小姐。他们的脖颈
就像大黄[260]的茎，充斥着声音。
男人们的眼睛，直呆呆的，
女人们闭上的眼睛，像张开的嘴，
甚至孩子们也不安宁：
他们张开的手臂像长长的脖子，
他们举着双臂仿佛举着第二张嘴，
从拥挤的人群中、从温暖的人丛里举出；
垂怜啊！他们号叫着，垂怜啊！他们：
垂怜啊！背景里身宽体胖的主教
向着高高圣坛前的圣体龛
咆哮，使得明净的
圣体匣颤动着放着光，仿佛向他们
发射出目光。但他们喊叫着，似乎
上帝正拖着他们的长发一样
拖着他们长音的最高点。
而当我挤在其他人中间时，

我觉察到（现在我的脚掌还有所觉察），
整个大教堂在升起——
然后又下沉，像是在呼吸。——
这是一个神迹。我们亟需神迹。
您不曾见过神迹吗，死在那里
来而复返，完全就像在自己的家里；
而这并不是我们的死[261]，而是一个陌生的，来自……
来自某个彻底淫邪纵欲的城，
并不是上帝派发来的死……

白衣侯爵夫人 *突然抬头*

死？他在那儿说什么？

蒙娜·拉拉

我求你，吩咐他，让他走吧。
他令我胆寒，他讲了这样的事——

信使

一个陌生的死，我说的是，无人认得它，
但它却熟悉每个人……

白衣侯爵夫人 *看着蒙娜·拉拉的恐惧之状*

请原谅，是我让他越说越远的，
我远远听着仿佛就是乐器在响。

她看到，蒙娜·拉拉将一直拿在手中的信激动地撕得粉碎。

微微一笑

看呐，我的信……

蒙娜·拉拉变得惊恐

白衣侯爵夫人 未加责备

所以你的手只是
为自己而生——

对信使

我的好朋友，管家院里
住着几个男人；那里会对您
有更好的倾听，值得一去。
这里只有女人，还不习惯
如此严肃的谈话。您一定
不愿意伤害我们吧，尤其是这个孩子。

信使 后退，施礼

乞谅，尊贵的夫人，我好像瞎了一样，
竟没有看出这位小姐受到了伤害。
话语竟是怎生模样，让我沉迷不已。
但倘使蒙您赦免我的罪过，
且让我说一说。

白衣侯爵夫人

如果是温和的，就说吧。

信使

您如此不加戒备。这是不对的。
庄园开敞着如主上帝之国，
每个人都可以走到海滩这里。
那时我就想，乞谅，可能会有事发生，

会有这些狗[262]出现；他们就在
这附近游荡着。那时我看见他们四个
如猛禽一样在一座房屋前幽灵般隐现；
他们四处等待、隐忍，
如果谁惊恐地从窗口向他们招手，
他们就会前来，从房屋里取出
已经死去的：孩子、男人、女人，——
他们接收一切人，不加分别。
据说，他们甚至觊觎那些病人；
但是他们怎样觊觎呢？是的，上帝才知道，我们
看不见他们的脸。一丝冰冷的怵惕
从他们里面发出。我无法对任何人加以信任。
他们所行的，却可能真的慈悲、
基督一般良善：他们照料死者，
将死者抬出，这也是必要的，
但他们向房屋里抬入什么吗？
当他们在屋外站在火光里的时候，
当他们高高尸堆的
烟雾与战栗里升起火焰的时候，
他们就在火中往复进出。
就是说，依然活着的人似乎
有义务从这些兄弟那里赎回自身……

白衣侯爵夫人

您必须做这事，我的朋友；赎金

我明天给您送去吧。在管家院里
留一夜吧，那里您会得到保护，
能够安宁地睡眠、能够继续完好地
留在这个世界。去吧，以上帝之名。

信使

敬谢并求您宽宥，尊贵之至的贵妇，
为我惹人生厌的言谈。
在这神奇的时间里
如此好地谈论了事情的进程。
敬谢，但不要忘记，安排警卫。
多多益善；他们像牛蒡[263]一样，
牢牢挂在你身上，他们把火刑堆
加高当作床，使人以为
自己不会一直白白
睡在上面。

白衣侯爵夫人

好，这一次还会
为您温暖另一张床。就这样。
现在，我希望您会真的安心愉快，
睡出您回家之日的勇气。

信使 深施礼穿过林荫路离去。

蒙娜·拉拉 全然不动地站在那里，突然放声大哭。侯爵夫人将她拉到身边坐在长椅上，于是她将痛哭的头埋入姐姐的臂弯里。

白衣侯爵夫人

我亲爱的孩子，你激动了？不必
害怕；这些都是废话，是聚集在
怯惧周围的、微不足道的空话——

蒙娜·拉拉

所有这一切我全都不知道……
如今一切全都一瞬间降临到我，
如今一切全都向我袭来，而我，
我此刻才预感到它在威吓生命。
它不是生命，这温柔的存在，
它呈现在我面前，——
谁活着，谁就哀伤、无助、孤独地
伴着自己，伴着焦虑、恐惧、危险与死亡。

白衣侯爵夫人

如果他是这样的人呢，我的朋友，看呐，——
如果他就是这样的人，比如多年前我就是这人，
你可相信，那些让人惶然的日子，
我会失去它们，在大喜悦的
曲调中，我今日所怀有的大喜悦？
他们说：死，——但是听啊，如果我说出它：
死——它就不像来自另一种声音吗？
它只是松散地、零星地制造着忧惧。
完整接受它们吧——那些众多的话，作为
你的话，全都接受它们并使用吧：——

只要何处它们全都生长得

非凡且巨大，这些话的一句也会同样生长。

蒙娜·拉拉

但是与这些话无关啊：他们正在死去。

他们正在死去，众多的人。此刻、此刻、此刻。

他们依然在搏斗，他们直至最后还满怀希望；

在死伸出手指准备扼死

他们的时候，他们依然希望，尽管

他们被自己的恐惧所追猎。

蒙娜·拉拉不知所措地环顾四周。升起一片寂静；侯爵夫人悄悄摇着头。

蒙娜·拉拉 *凝听着*

而此刻！

她扑倒在侯爵夫人脚边，绞扭着的双手乞求道

啊让我们出手相助吧！让我们把软的亚麻布

从你的柜子里取出来铺床，

还有那些为产妇准备的

带子、内衣、油膏、护符。

浓的液滴与淡的油，

专治浊血的万灵药——

啊，随便什么，只要他们的栖身之所

还未曾有过的，能够产生奇迹的。

为什么没有奇迹发生？愿我知道

用什么样的话语我能够将你企及：

马利亚啊！为什么你不触碰他们？
哪里是你的口，那曾经亲吻耶稣的伤口的？
你厌恶了吗？倘若你不愿屈尊
在那些发臭者身上施行奇迹，——
就施行在我身上吧：赐予奶水于我的双乳，
让我去哺乳他们……

蒙娜·拉拉跪着后仰，双手捧起自己的乳房，似在等待乳房被充满。如此持续片刻，她的紧张动作上升、中断，她向前倒入侯爵夫人的怀里。

白衣侯爵夫人 温柔地抚摩着跪倒的蒙娜·拉拉的头发，安慰着，俯身向她，恳切地悄声说

我们要为他们做我们分内的事。我们要抚平他们软床上的褶皱，好让他们像富人家的孩子一样拥有那软床。我们要劝告他们就像劝告动物，劝他们不必胆怯，他们甚至有理由抛弃一切怯意。我要躺卧在那些瑟缩发抖的人身边[264]。我要捧着垂死者的头。我要为那些老人净身，将他们的胡须铺展在被子上。我要快活地向对面的孩童们望去、宽慰那些女人，她们的铁青的指甲、她们的脓水不会让我感到惊恐。我要将死者照料——

暂停。

蒙娜·拉拉 抬起头。已经完全平静，近乎清醒

白衣侯爵夫人 目光离开她，望去，犹豫地

明天起这就是我的每日工作——
与我漫漫长夜里的工作。

蒙娜·拉拉

明天起？

白衣侯爵夫人

明天起，妹妹。今天我属于他，
那位将临者。
他分得了祖辈的
遗产，只有他富有一切。
甚至我的夫君也为他而保藏我；
他的野性超然巨大的狂怒，
爆发时无人能够抵抗，
这狂怒使其他人的言谈举止着魔：
那些贵人、诗人与王公。

暂停。

所以我一直是新妇。许配给最辽阔者。

侯爵夫人说最后一句话的时候，蒙娜·拉拉已经站起；她僵直而无助，迹近木偶地站在侯爵夫人面前，以罕见的单调声音说。

蒙娜·拉拉

你的夫君，侯爵，从未与你同床？

暂停。

侯爵夫人将目光投向海。

白衣侯爵夫人

他与我同床。

她站起身；面对她，蒙娜·拉拉胆怯地后退

每当黄昏时分音乐
柔缓了他，使他毫无欲求，
我就给予他我的床。他的目光长久地
感激我。他坚硬的唇沉默。
他就这样沉沉睡去。而我也毫不害怕。
时而我在夜里坐起，将他凝视，
他的两眉之间是清晰的皱纹，
我看到：那时他梦见其他妇人
（或许梦见那个金发的洛雷丹[265]，
那个那么爱他的人）——他却不梦见我。
那时我是自由的。那时我的目光
越过他透过高高的窗拱数小时地看：
大海，像天空，辽阔而波澜不兴，
某个清澈的东西，缓缓下沉；
那是无人见过也无人说过的：月落。
然后一艘清晨的渔船出现，飘荡
在空中，寂寂如月弯。这飘荡，
属于它们二者，让我恍然觉得如此血脉相亲。
因其一，天空沉落得更近，
凭其二，辽阔变得辽阔。
我醒着、自由着、不被侦视、
被分别为圣在这寂寞里。
我感到这如此梦一般穿空而过
之物，似乎源自我自己。

我四肢伸展，当我的身体活动时，
就产生一阵清香，芬芳四溢。
就像鲜花将自己奉献给空间，
使得每缕微风载满从它们身上
离去的气味，——我恩典地将自己
奉献给我所爱者的梦里。
以这样的时辰拥有他。

暂停。

也有
其他的时辰，我遗失了他。
那时我在里面醒着，他站在外面，
或许准备破门而入，——
于是我就是坟墓：我脊背下的石碑
和我的脊背，坚硬得如同一尊石像。
如果我的面色还有一种表情，
那也只是吊灯的光与影
落在一道没有内容的凿痕上。
就这样，作为曾经的一个人的形象，
我躺在我的床宽大的石棺[266]上，
时间一秒一秒过去：一年又一年。
我的下方同样的位置上
我的尸体枯萎地躺在尸体的头发中。

暂停。

蒙娜·拉拉迈步走向侯爵夫人，轻轻抱住她。

白衣侯爵夫人

看呐，就这样死存在于生之中。它们伸展着，
彼此交织，就像一幅地毯上
丝线在伸展；进而
为经行者形成一幅图画。
死，不单单是某个人一朝死去。
死是，一个人活着却对生一无所知。
死是，一个人根本无法死去。
死有许多种；却无法被埋葬。
我们的里面每日都有死亡与诞生，
而我们却肆无忌惮地如大自然，
超越了二者而持存，毫无哀伤、
毫无同情。悲与欢仅仅是
色彩，对于观望着我们的陌生人。
因此对我们而言涵义众多的是
去找寻那个观望者，那个看着我们的人，
他用他的观望将我们概括，
言简意赅地说：我看见这个与那个，
而其他人只是在猜测或撒谎。

蒙娜·拉拉

是的，是的，正是这个。这样一个必定会存在，
否则那无以名状的图画就会太沉重。

稍停。

他今天来找你……

稍停。

可你怎能忍受了
这么久？我几乎不再能够。
如果我想象到我还要伴着
无法解释的血一起游荡一年，
无法休息，——透过我自己的头发
孤独而盲目地在我的烈火中央，
像孩子一样高傲地俯视，
甚至那些狗都感到新奇、仿佛失灵，
我却感到自己如此陌生，我自己的手
触碰我自己就像是女仆的手……：
如果我还有一年可以这么活着，
我会在这样的一年之后
疯子一般扑倒在一个奴仆的路上，
乞求他免除我的这一切。
你是怎样忍受的？

白衣侯爵夫人

我的血已盈满。
我的血时常高呼，于是我醒来，
哭着找寻自己，向着寂静大笑，
撕咬我的枕头，直至枕头粉碎。
一个这样的夜里——我还记得——我的基督
从他十字架的乌檀木上
溶化得了无踪影；

我的炽情如此巨大：——

他张开双臂横在我的头顶。

蒙娜·拉拉

然而力量如此深入你的里面。

白衣侯爵夫人

那不是力量。是吝啬，是贪婪，

因此我将每一年的每一分炽情

节约下来，为迟来的新婚之日。

如今这日到了。以千倍的跳动

我的心跳动着。根须最后的甜

已经进入我的里面；我已成熟。

我的头是美丽的，我的足轻盈，

足下，大地像云团一样翻滚。

—— —— —— —— ——

明天我可以老去了。

蒙娜·拉拉

你还年轻——

白衣侯爵夫人 柔柔地微笑

青春只是回忆，

回忆一个依然未至的人。

双手抓住妹妹的肩。

就是你也会为新郎节俭的。

因为你的无法忍耐就是过渡。

生命是漫长的。

暂停。

蒙娜·拉拉 钦佩地

光芒从你的身内发出，

像女王中的一个强者。

白衣侯爵夫人 站起身回望宫殿

太阳沉落了，映照在房屋。

现在我要等待，然后我要招手。

蒙娜·拉拉

你不正在招手吗？

白衣侯爵夫人

也就意味着：危险将会临到

我们。

蒙娜·拉拉 双眼闭着，梦一般痛苦着

他会像那只清晨的渔船

从右边驶到左边。

仿佛恐惧地骤睁眼睛

可你在招手？！

白衣侯爵夫人 幸福地

大海一旦熊熊燃烧，

我就会一直向夕红招手。

房屋是空的——

蒙娜·拉拉

肃静！这不是脚步声？

白衣侯爵夫人 细听了瞬间

不是；去露台吧。从露台中心可以
如此辽阔地看海。

她们，始终相拥着，缓缓走过悬铃木林荫路。海呼吸得越来越缓、越来越沉。当侯爵夫人凝伫、回头看的时候

蒙娜·拉拉 仿佛在念一支童谣

现在假如你无法去赠送亚麻布、
油、膏与香料，
你就必须考虑自己的床，
怎样准备好它，怎样得福。

白衣侯爵夫人 继续走着，边走边严肃地点头。——二人手拉着手走了一段距离。二人同时停步，侯爵夫人再次向海看去。

蒙娜·拉拉

你可相信我会为你准备好
床与你浸入面孔的水盆？
我觉得我的双手似乎知道
你今天需要的一切。

侯爵夫人点头，她们又走了一段距离；就这样来到露台的台阶上，再次停步。

蒙娜·拉拉 突然跪倒

我想为你铺床。我想服侍你。
我的一切对你都是真诚的——

白衣侯爵夫人轻轻扶起她，以双手捧起她的脸，向脸上看去。

白衣侯爵夫人

你的眼睛幽深而清新。

在里面看见了我的整个幸福。

侯爵夫人轻吻她的嘴。蒙娜·拉拉快速挣脱，急急跑入房里。

侯爵夫人此时正缓缓走上最后数级台阶，转身，充满巨大的期待向海看去。——片刻之后蒙娜·拉拉出现，手持一面银镜，她跪着，举在侯爵夫人面前。侯爵夫人缓缓地整理沉沉的头发。

蒙娜·拉拉 在镜子下面，悄声

此刻他再次出现在我身内。

他曾经拉过我的手。

此刻我的手再次感觉到他。

看呐，我曾经这样熟悉他……

侯爵夫人向镜中微笑，心不在焉地听着。旋即站起身，抬眼。

蒙娜·拉拉

此刻太阳已经入海。

急步返身进屋。

暂停。

侯爵夫人此刻站在露台上，独自、笔直、紧张地凝望。因沉沉落日的反光，别墅在她身后越来越辉煌（似乎里面闪耀着一个庆典）。目光瞥向右面，侯爵夫人看清远方的什么。她仓促将手伸入腰袋，似要准备招手。

然后她等待着。终于可以听见桨声，越来越近。就在侯爵夫人以整个行动跟随外面的移动期间，沿着海滩一个脸罩黑面具的慈悲会[267]兄弟从左侧（观众一方的视线）登场，一直走到林荫路的入口。他身后跟着第二个兄弟。二人向房屋看了看，互相低语。这时，侯爵夫人手势疾速地抓住巾帕，二人移动着，一个修士稍稍加快脚步向前走。然后犹豫，转身面对他的同伴，静静停下。白衣侯爵夫人发觉到他。从这一刻起她只是注视着他，身形因恐惧而僵直，桨声全然响亮地从大海传来，迟缓、犹豫、清晰可闻，她的眼中、她的意识里却失去了大海。侯爵夫人做出巨大的努力打破心中惊愕，依然招手。争斗持续了片刻。她的动作艰难，其中一个动作使第二个兄弟退后了几步，致使他几乎站在了林荫道上第一个兄弟身边。——侯爵夫人不再动。别墅的正面光亮开始隐没。小船想必正在经过；渐轻、渐远、渐远，桨声消逝在刚刚入夜的大海那黑色的烈火中。

此刻，几乎还可以勉强辨认出，房屋上方一个高大的拱窗里窗帘拉开，显现出某个明亮、细长之物，恍如孩子的形象，招手。先是边呼唤边招手，停了瞬间，然后再招手，异样地：沉重、缓慢、神情犹豫，仿佛在挥手道别。

落幕。

短歌行
咏掌旗官基道霍·里尔克之爱与死[268]

（写作于1899年）

翻译底本

Rainer Maria Rilke, *Die Weise von Liebe und Tod des Cornets Christoph Rilke*, Leipzig: Insel-Verlag, 1921, Insel-Bücherei Nr. 1.

参考书目

Rainer Maria Rilke, *Die Weise von Liebe und Tod: Text und Dokumente*, Bearbeitet und herausgegeben von Walter Simon, Suhrkamp Verlag, 1974.[269]

“……1663年11月24日，领林达之朗格瑙[270]、格莱尼茨与齐格拉诸地之奥托·封·里尔克，其兄基道霍阵亡于匈牙利，将获封其兄于林达应得之采邑；然其人须立一契，证此采邑权或全无效力，倘其兄（依所具死亡证明，于皇家奥地利海斯特骑兵团皮洛瓦诺男爵连队任掌旗官……已殁）生还……”

驱驰，驱驰，驱驰，驰过日，驰过夜，驰过日。

驱驰，驱驰，驱驰。

勇气已如此疲惫，渴望已如此巨大。不再有山，也几无一树。无物敢挺身立起。异国的茅舍焦渴，蹲踞在泥泞的井边。无处有教堂钟楼。总是同样的景象。生有两只眼已太多。只在夜里偶尔才相信自己识得道路。或许我们夜里总是再一次折返到我们曾在异国阳光下艰辛抵达之地？可能吧。阳光沉重，仿佛我们那里深深的夏天。然而我们已经在夏天里别离。女人们的衣裳在绿色中久久闪亮。而我们如今久久驱驰。因此一定已是秋天了。至少那里已是，那个有哀伤的女人们记得我们的地方。[271]

朗格瑙人马鞍桥上移身说道：“Marquis[272]大人……”

他的邻伴，小巧伶俐的法国人，最初三天有说有笑。此刻却不再言语。像个渴睡的孩子。灰尘落在他精美的白色蕾丝领上；他也没有觉察。他慢慢枯萎在他的天鹅绒马鞍上。

而朗格瑙人微笑道："您的眼睛很不寻常，Marquis大人。您一定长得酷似令堂——"

小法国人又一次鲜花盛开，拂去领上的尘土，焕然一新。

有人讲起自己的母亲。显然是个德意志人。声音洪亮，措辞缓慢。仿佛少女在编结花环，正思忖地试验着一花一朵，还不知整体是什么模样——：他就是如此搭配着词语。欢乐？痛苦？所有人都在倾听。甚至吐痰也停止了。他们完全是知礼守节的绅士。就是那些不懂德语的人，也霎时间听懂了，感受着一个个词："黄昏"……"我还小……"

于是他们全都彼此亲近了，这些绅士，他们来自法兰西、来自勃艮第、来自尼德兰、来自克恩滕的山谷，隶属于波希米亚的城堡、臣属于利奥波德皇帝[273]。因为这一位所讲述的，他们也都经历过且情形恰恰一样。好似世上只有一个母亲……

就这样策马驰入黄昏，随意一个黄昏。再度沉默，然而那些明亮的词已经带在身上。那位Marquis摘下头盔。他的头发乌黑柔滑，而且，他低头的时候，头发女性地舒展在他的脖颈上。此刻朗格瑙人也辨认出：远方有什么高高耸起，直入光芒，纤细、幽暗。一根寂寞的圆柱，半已倾圮。后来，他们早已走远，他才蓦地醒悟，那是一尊马多娜像。

营火。大家围坐着等待着。等待有谁唱歌。然而大家都如此疲惫。红色的光沉重。落在积尘的靴上。红光蜿蜒蠕行，直至膝头，望向合拢的双手。红光没有翅膀。人脸因此全都幽暗。但小法兰西人的眼中却有奇异的光，闪了片刻。他曾经吻过一朵小小的玫瑰，如今那朵玫瑰应该在他的怀里继续枯萎。朗格瑙人看见了这一幕，因为无法入睡。他想：我却没有玫瑰，一朵也没有。

于是他唱起歌。那是一首古老、哀伤的歌，是在家的时候姑娘们在田野里唱的，她们唱这首歌，是秋天，收割进入结束的时候。

小Marquis问："您应该很年轻吧，大人？"朗格瑙人半是哀伤半是倔犟："十八。"然后二人沉默。

后来法兰西人问："您在故乡有聘妻了吗，容克[274]大人？"

"您呢？"朗格瑙人反问道。

"她有您一样的金发。"

二人再度沉默，直到那个德意志人喊道："活见鬼，为何您竟要鞍马驱驰，穿越这瘴疠之地抗御土耳其狗？"

Marquis微笑。"为了回乡。"

朗格瑙人变得哀伤。他忆起一位金发姑娘，他们一同游戏过。一个个狂野的游戏。于是他想回家，只要一瞬间，只要时间长得足以说出一句话："抹大拉[275]，——原谅我一直总是这样！"

怎样——是？这位年轻的大人想着。——如今他们已天遥地阔。

一日，清晨里，一骑出现，而后第二骑、四骑、十骑。全身铁甲，高大。而后千骑踵至：大军。

必须分手了。

“回乡顺利，Marquis大人。——”

“圣母保佑您，容克大人。”

二人已经无法彼此分开。忽然二人已经是朋友，是兄弟。二人彼此信任有加；因为一个已经对另一个了解太多。他们在踌躇。他们周围是匆促与蹄声。Marquis脱下右手的大手套。掏出那朵小玫瑰，摘下一片花瓣。似乎擘开一块圣饼。

“这个会庇佑您的。珍重。”朗格瑙人感到惊异。长时间地目送小法兰西人去远。后来他将那片异国的花瓣塞入罩甲。花瓣在他的心波上浮沉漂游。角声起。打马入军，这位容克。他哀哀地微笑：他被一个异国女人护佑。

一天，行经辎重队。咒骂，色彩，高笑——：大地因此而耀眼。跑来了五彩的少年。扭打、呼喊。来了村姑，紫帽下秀发如潮水。眉目含情。来了雇佣兵，铁青如游移的夜。热烈地抓住村姑，撕碎她们的衣服。按她们在战鼓上。两手匆促、更加激烈地自保，战鼓被唤醒，如在梦中咚咚，咚咚——。黄昏时他们递给他提灯，罕见地：葡萄酒，闪亮在铁帽里。葡萄酒？抑或血？——谁又能分清？

终于面对施波克[276]。伯爵挺立在白马旁。长长的头发蕴含着铁光。

朗格瑙人没有问过。他认出了将军，于是滚鞍下马，躬身施礼，惹得尘土如云。他带来一份函件，荐他在伯爵麾下。但伯爵命令道："念这破纸。"[277]伯爵的唇没有动。他无须多费唇舌；唇舌只是用来咒骂的。除此之外，由右手说话[278]。如此而已。有事请看他的右手。而这位年轻的大人早已读毕函件。不再知道身在何处。施波克超出了一切。甚至天空也已经离去。这时施波克，这位大将军说道：

"掌旗官。"

而这已太多。

连队驻扎在拉包河[279]对岸。朗格瑙人驱马归队，独自。平原。黄昏。鞍桥上的金属片透过尘土闪着光。后来月亮升起。他在自己的手上看见月光。

他梦着。

然而有高声呼喊向他而来。

呼喊，呼喊，

喊碎了他的梦。

并非鸱鸮。我主矜怜：

唯一一棵树

在向他高喊：

哎！

他举目观望：竖立挣扎。一个被缚在树上的肉身

竖立挣扎，一个年轻的女人，
血流、身裸，
向他袭来：放开我！

他跳下马走进黑绿
斩断热热的绳索；
他看见她的目光在炽燃
她的牙齿在铿动。

她在笑？

他感到惊惧。
他马上坐稳，
驰入黑夜。染血的绳子紧握在手。

朗格瑙人在写信，全神贯注。他缓缓地用巨大、庄重、竖直的字母画着：

> 我的好母亲，
> 骄傲吧：我在掌旗，
> 莫担心：我在掌旗，
> 爱我吧：我在掌旗——

然后他把信塞入自己的罩甲，最隐秘的地方，贴着那片玫瑰花瓣。他想：很快这封信也会染上花瓣的芳香。他想：或许终有一天有人会发现这封信……他想：……；敌人就在附近。

他们纵马越过一个被屠戮的农夫。农夫双眼大睁，有什么倒映在里面；但不是天空。后来，狗在叫。于是村庄出现了，最终。一座城堡嶙峋地攀升过茅舍。吊桥宽广地向他们递出自己。城门隆然洞开。号角高声迎迓。仔细听啊：喧嚷、铿锵、犬吠！大院里马鸣萧萧、马蹄踏踏、人声起伏。

少憩吧！做一回宾客。不要总是用简陋的饭食款待自己的愿望。不要总是敌意地抓取一切；让一切发生一回吧，并且知道：发生的事，都是好的。就是勇气也必须伸展一回四肢、在丝缎被面上翻几个筋斗。不要总是一个兵士。松开一回卷发吧，任其披散，大敞领口吧，坐在丝绒椅里，就这样一直到指尖，在洗浴之后。首先重新学习，学习女人是什么。白衣的在做什么，蓝裳的情形如何；她们的手是什么模样，她们是怎样唱出她们的欢笑，当美丽的盘子被金发童子递上，因多汁的水果而沉重的时候。

开始用餐。几乎不知为什么就变成了一场庆典。高高的火焰闪烁，人声喧嚣缭乱，交错的觥筹与闪动的酒光，缭乱成歌，成渐渐成熟的节奏：生成了舞蹈。迷狂了所有人。厅堂里是波浪拍击，是相遇与互选，是别离与重逢，是享受着光芒、失明于光明，是摇荡，在热情的女人们衣裙里的夏日风中。

深色的葡萄酒与千朵玫瑰里，时光流淌而出，潺潺流入夜的梦。

一个人站着，惊异于这奢华。他的生性使得他等待着自己是否会醒来。因为只在睡梦中才能看到这样的奢华与有这样的女人的这样的庆典：她们最细微的姿势就是沉入锦缎里的皱褶。她们用银质的谈话布置着时光，有时她们就这样扬起双手——，你一定以为，她们要在什么地方，在你够不到的地方，摘取温柔的玫瑰，你看不见的玫瑰。于是你梦着：被饰满玫瑰，变得别样的幸福，空空的头顶加戴上属于自己的冠冕。

一个人，穿着白丝衣，意识到自己无法醒来；因为他本是清醒的，但又被现实所迷惑。他惶恐地逃入梦中，站在林园里，寂寞在黑色的庄园。庆典已经杳远。灯光已成谎言。夜围在身边，近且清凉。他问一个俯身向他的女人：

“你是夜吗？”

她微笑。

于是他羞愧于自己的白丝衣。

真愿远远地，独自地，武装起来。

全副武装。

“你忘了你是我今天的侍童吗？你要离开我？你想去哪儿？你的白衣给了我使唤你的权力——。”

—— —— —— —— —— —— —— —— —— —— ——

“想要你的破外套？”

—— —— —— —— —— —— —— —— —— —— ——

“你冷了？——得思乡病了？”

伯爵夫人微笑。

不是。不过只是，因为童稚这件温柔、深色的衣服，已经被从肩头脱下。谁拿走了？“你？”他用一种自己还不曾听过的声音问。“你！”

此时他已经一丝不挂。赤裸着像一个圣徒。明亮而细瘦。

城堡灯火渐熄。所有人都变得沉重：疲惫了或者热恋了或者醉了。在这许多的空旷、漫长的战地之夜后，有了床。宽大的橡木床。祷告也不同于路上在寒碜的沟垄里，那里，一旦要入睡，就变得像坟墓。

“主啊上帝，照你所要的！”

床上的祈祷更短。

但更衷心。

角楼间里一片幽暗。

但他们用自己的微笑照亮了彼此的脸。他们互相摸索着如同盲人，找寻着对方如同找寻一扇门。他们相互紧紧抱在一起，恍如恐惧黑夜的孩童。但是他们并不惧怕。那一刻，什么也不能反对他们：昨天不能，明天不能；时间已经崩塌。他们在时间的废墟里开花。

他不问：“你的夫君？”

她不问：“你的名字？”

他们真的已然找到彼此，成为了彼此的新性别。

他们会给对方一百个新名字，然后再次取走彼此所有名字，轻悄地，就像取下一只耳环。

前厅里一张扶手椅上挂着朗格瑙人的罩甲、肩带与披风。地板上卧着他的手套。他的军旗陡立着，靠着窗棂，黑色而细瘦。屋外暴风疾行在天空里，将夜段段分开，或黑或白。月光滑过，如一道长长的闪电，纹丝不动的军旗因此拥有了激动不已的投影。军旗在酣梦。

窗户开了？暴风在屋里？谁在关门？谁在走过房间？——随它去吧。不管他是谁。他也找不到角楼室里。百重门后是何等的一个大睡梦啊，两个人共同拥有的睡梦；共同得如同拥有**一个**母亲或者**一个**死。

是早晨了吗？升起了哪个的太阳？多大的太阳？是鸟吗？鸟的声音四处响起。

一切都通亮，但不是白天。

一切都喧响，但不是鸟鸣。

亮的是房梁，在放光。响的是窗，在叫喊。窗叫喊着，红色，向着敌人叫喊，向着外面站在闪烁的大地上的敌人，窗叫喊着：失火了。

脸上带着破碎的睡梦，所有人挤作一团，半铁衣、半赤裸，从房间到房间，从一侧到一侧，找寻着楼梯。

庭院里众角响起，气喘吁吁结结巴巴：

集合，集合！

万鼓齐声震颤。

但军旗不在。

呼唤：掌旗官！

马急，人祷，声嚣，

咒骂：掌旗官！

铁甲撞着铁甲，命令连着号令；

寂静：掌旗官！

又一次：掌旗官！

骑兵队汹涌驰出。

—— —— —— —— ——

但军旗不在。

他与燃烧的走廊赛跑，一道道门，炽热地向他簇拥而来，一级级台阶，将他灼烤，他冲出狂怒的建筑。他怀中抱着军旗，如同抱着一个白皙、失去意识的女人。他找到一匹马，那马恰如一声呼啸：从一切人头顶越过，从一切人身旁越过，甚至越过了它自己的人。那面军旗也已然苏醒，展现出从未有过的君王气象；此刻他们全都看见这面军旗，远远在前，他们全都认出那个明亮、无盔的汉子，认出那面军旗……

那面军旗开始闪耀，将自己抛出，巨大而鲜红……

—— —— —— —— —— —— —— —— —— —— ——

他们的军旗正燃烧在敌军中央，于是他们纵马急随。

朗格瑙人已深入敌军，但孤身一人。恐怖在他四周形成一个圆形空间，他坚守着，在中央，在他的缓缓焚烬的军旗下。

缓缓地，几乎在思忖，他环视了一下四周。面前是众多外国的、五彩的东西。花园——此情此景让他想起了花园，他微笑着。后来他发觉，那是些眼睛在盯着他，他认出那些男人，他知道，那是些异教狗——：于是他骋马冲入中央。

不过，敌人从身后将他吞没，再次成为花园，十六把弯刀，向他身上跳去，一道道光束，一场庆典。

一个高笑的喷泉。

罩甲已在城堡里被那场大火焚毁，还有那封信、那朵属于一个外国女人的玫瑰花瓣。——

翌年春（哀伤而寒冷），皮洛瓦诺男爵的一个传令兵缓缓驱马进入朗格瑙。那里他看见一个老妇在哭。

时辰祈祷书[280]

修士生活之书
朝圣之书
贫穷与死亡之书

翻译底本

Rainer Maria Rilke, *Das Stunden-buch-Enthaltend die drei Bücher: Vom Mönchischen Leben / Von der Pilgerschaft / von der Armut und vom Tode*, Insel-Verlag zu Leipzig, 1905.

校勘版本

Rainer Maria Rilke, *Das Stunden-buch-Enthaltend die drei Bücher: Vom Mönchischen Leben / Von der Pilgerschaft / von der Armut und vom Tode*, Veröffentlicht von Insel-Verlag, 2 Aufl., 1907.

Rainer Maria Rilke, *Das Stunden-buch-Enthaltend die drei Bücher: Vom Mönchischen Leben / Von der Pilgerschaft / von der Armut und vom Tode*, Leipzig: Insel-Verlag, 1918.

参考书目

Ruth Mövius, *Rainer Maria Rilkes Stunden-Buch: Entstehung und Gehalt,* Leipzig: Insel-Verlag, 1937.

Lou Andreas-Salomé, *Rainer Maria Rilke*, Leipzig: Insel-Verlag, 1928.

Lou Andreas-Salomé, *Russland mit Rainer: Tagebuch der Reise mit Rainer Maria Rilke im Jahre 1900*, hrsg. von Stéphane Michaud. Deutsche Schillergesellschaft Marbach, 1999.

Lou Andreas-Salomé, *Ródinka. Russische Erinnerung*, neu hrsg. von Ernst Pfeiffer, Verlag Ullstein GmbH, 1985.

Rilke und Rußland: Briefe, Erinnerungen, Gedichte, hrsg. von Konstantin Asadowski, Aufbau-Verlag Berlin und Weimar,1986.

Daria A. Reshetylo-Rothe, *Rilke and Russia: A Re-evaluation*, Peter Lang, 1990.

放在露的手中[281]

修士生活之书[282]

此刻时辰俯身，轻触我
以清澈、金属质的叩击：
我的感官战栗。我感到：我能够——
我正在掌握可塑形的日子。

在我洞察之前，一切尚未完成，
每个进展都静静凝伫。
我的目光已成熟，目光所欲的事物
一一到来，好像新妇。

无物于我太小，但我依然爱它，
我画它在黄金背景上，巨大，
我高举着它，但不知道谁
灵魂被它溶化……

我生活我的生活[283]在生长的环里，
环在事物之上伸张。
或许最后的环，我无法完成，
但是我愿将之试尝。

围绕着上帝，围绕着古老的钟楼，

我旋转了千年；
而我依然不知道：我是鹰，是风暴
抑或是一首宏大的诗篇。

我有许多身穿黑色法衣的兄弟
在南方，在月桂亭亭的修道院里。
我知道，他们正人性地将圣母构画，
我时常梦见这些年轻的提香[284]，
借着他们，上帝在炽情中显现。

但是无论我怎样俯身向自己的里面：
我的上帝却暗昧如百条树根
缄默地吸吮中交织成的一匹布。
我只知道，我将自己从他的温暖里捞起，
此外我别无所知，因为我所有的分支
静垂在低处，只在风来时轻摇。

我们不敢恣意将你绘画，
晨光流动的你啊，黎明升起于你。
我们从古老的颜料盘中挑选
相同的笔触、相同的线条，
圣徒[285]曾用它们将你隐瞒。

我们竖起画像在你面前，如墙[286]，
千道围墙因此矗立你的周边。
每当我们的心看见你开敞，
我们就用虔敬的手将你遮掩。

我爱我本质的幽暗时分，
在其中我的感官渐渐深沉。
在其中仿佛在旧日的信笺，我发现
已然被生活过的我的日常生活，
已然杳如传说，已然被克制。

从其中我获知，我拥有空间，
通往第二个无时限的宽广生活。
时而我好像那棵树，
成熟而簌簌，在一座坟茔上空

将梦实现，实现逝去的少年的
（此时已被温暖的树根拥着）
曾在伤悲与歌唱中遗失的梦。

上帝啊，我的邻居，当我在长夜里
多次以剧烈的敲击声将你烦扰的时候，——
事情就是这样，因为我听见你罕有地呼吸，
且知道：你孤独在大厅里。
当你需要什么的时候，那里却无人
为你的摸索奉上一碗饮品：
我始终在倾听。给一个小小的示意吧。
我完全就在近旁。

仅仅一道薄墙隔在我们之间，
出于偶然；因为可能会有：
你的或我的口中一声呼唤——
于是墙崩塌，
全无喧嚣与喧哗。

墙是用你的画像建造成的。

你的画像立在你面前如同名字。
如果有一天在我里面燃烧起光，
那是我的深心用以将你明认的，
就会化作光芒挥霍自我在画框上。

我的感官，倏然倦怠，
没有故乡，与你隔绝。

但愿有朝一日如此全然寂静。
但愿偶然和大概
以及邻人的讪笑变得哑寂，
但愿我感官产生的杂音
不会这样强烈地妨碍我的清醒——：

于是我就能够在一个千面的
思想中思想你直至你的边际，
占有[287]你（仅仅一个微笑的长度），
以便将你赠与一切生命，
如同感恩。

我生活着，适逢世纪之交。
一片巨大的树叶，人们感受到风，
上帝与你与我曾在上面书写，
正高高旋转在陌生的手中。

一张崭新的页面，人们感受到光，
在上面，一切依然可能发生。

寂静的力检视着彼此的宽度，
暗自打量着对方。

我读出它，从你的道[288]，
从手势的往事，
手势中，你的手在形成的周围
成圆，构成边际，热情而贤明。
你高声言说着生，低声言说着死，
总是再一次重复：存在。
但是最初的死亡之前谋杀已然发生[289]。
那时一道裂隙行过你成熟的圆，
也行远了一声惊叫，
也撕碎那些声音，

那些声音刚刚才聚集在一起，
为了向你言说，
为了将你背负的
是一切深渊上的桥——

而它们从此吃吃说着的，
是你的
古老的名的断片。

苍白的少年亚伯[290]说：

我不在了。兄长对我做下的，
我的双眼没有看见。
他把我的光遮蔽。
他把我的脸排挤
用他的脸。
他此刻孑然一身。
我想，他一定还存在。
因为无人待他，像他待我一样。
一切人都在走我的旧路，
一切人都到来，面对他的恼怒，

一切人都离去，失望于他。

我相信，我的兄长醒着
好像一场审判。
但黑夜想起的是我；
而不是他。

你黑暗啊，我出生于你，
我爱你更胜过爱火焰，
火焰界限了世界，
火焰闪动
为了某一个圆，
圆之外，无人知晓火焰。

而黑暗却将一切拉向自身：
形象与火焰，动物和我，
黑暗攫取的还有
人类与权力——

可能发生的是：一股巨大的力
跳动在我的附近。

我信奉黑夜。

我信奉尚未说出的一切。
我想将我最虔诚的情感解放。
那依旧无人放想欲求的，
终将让我不由自主。

如果这是狂妄，我的上帝啊，请宽恕。
但我只想用这样的话对你说：
我最好的力量将如一种本能，
如此无恚怒无畏葸；
孩子们就是如此爱着你。

以这潮水翻涨，以这江流奔涌，
穿过宽广的支流，涌入敞开的海，
以这增长着的回归
我想将你明认，我想将你宣扬，
前无古人。

如果这是傲慢，就让我傲慢吧，
为我的祈祷，

我的祈祷这般严肃而孤寂
在你云翳的额前兀立。

我在世间十分孤独，但却未孤独得足以
将每一个时辰分别为圣；
我在世间十分微小，但却未渺小得足以
在你面前如一个物，
幽暗而聪明。
我意欲我的意志[291]，意欲陪伴我的意志走向
行动之路；
我意欲在寂静、无论怎样踌躇的时光里，
当某物临近时，
置身知情者之中
或者孤独。

我意欲始终映照出你完整的形象，
意欲从未盲眇或苍老得
无法拿起你沉重而摇荡的画像。
我意欲展现自己。
我意欲无处须将身躯始终低俯，
因为哪里我身躯低俯，哪里我就受欺骗。

我意欲我的思想
真实地面对你。我意欲将自己描画得
如我目睹的一幅画，
久远却亲近，
如我领会一句话，
如我日用的水罐，
如我母亲的脸，
如一艘船，
负载我
穿过最致命的风暴。

你看见，我意欲许多。
或许，我意欲一切：
每一次无边坠落的黑暗，
每一次上升的光影颤动的表演。

许多人活着，无所欲求，
粗茶淡饭让他们感到
如同封侯。

而你却喜悦于每一张

服侍与渴念的脸。
你喜悦于所有人使用你
像一件器具。

你依然未冷，时间也未太迟得
令你无法潜入你形成中的深渊，
那里，生命安静地显露。

我们建造你，用颤抖的双手，
我们堆积着一个个原子。
可有谁能够完成你，
你啊主教座堂。

罗马如何？
已然崩落。
世界如何？
即将粉碎，
在你的钟楼封顶之前，
在你闪光的正面
从马赛克的里程中升起之前。

但有时在梦里
我能够将你的空间
通观，
深深地从开端
直至顶部黄金的穹棱。

我看见：我的感官
塑造着建造着
最后的装饰。

从中[292]，有一位曾经将你欲求，
我知道，我们也该欲求你。
尽管我们拒绝一切渊深：
如果深山藏金，
无人更愿采掘，
黄金也终将会被河流运出，
河流探入岩石的沉默，
河流在充满。

即使我们并不欲求：
上帝也在成熟。

谁将他生命中众多的非理性
消弭，感激地以一个意象表达，
谁就会逐出
宫中的喧哗者，
就会别样地欢欣，而你是宾客，
被他在温柔的黄昏时分迎迓。

你是他的第二个寂寞，
是他内心独白的安静的中心；
而每一个圆，围绕着你伸展，
张紧他来自时间的圆规。

为什么我的手在画笔中迷失？
我将你绘画，上帝啊，你却几无觉察。

我感觉着你。在我感官的边缘
你踌躇地开始，仿佛伴着许多岛屿，
对于你从未眨过的双眼，
我是那空间。

你不再存身于你的光芒中央，

那里天使之舞的所有行列
音乐般消减在你的远方，——
你居住在你最后的殿宇。
你的整个天国向外凝听着我的里面，
因为我若有所思地对你隐瞒了自己。

我在，恐惧着的你。难道你没有听见
我以所有的感官将你冲击？
我的感觉，寻得双翼，
白色地绕着你的面孔盘旋。
难道你没有看见我的灵魂，穿一件
寂静之衣，紧靠在你面前？
难道我五月的祈祷[293]没有成熟
在你的目光里，如在树上？

如果你是做梦者，我就是你的梦。
如果你意欲醒来，我就是你的意欲，
就是你大有权柄的一切荣耀，
就会浑圆得如一片星的寂静
高悬在时间的神奇之城上空。

我的生命不是这陡峭的时刻，
那一刻你看见我如此匆急。
我是我的背景前的一棵树，
我只是我众多的口的一个，
且是那，最早闭合的一个。

我是两个音符之间的静息，
两个音符却比邻交恶：
因为死这个音符总想提高——

但在幽暗的间隙，震颤着，
二者彼此和好。
　　　　　　歌曲依然美妙。

如果我生长在某个地方，
岁月轻盈，时光纤细，
我会为你创造一场盛大的庆典，
我的手惶恐而僵硬，不像
往日一样，偶尔将你持握。

我会恣意地将你挥霍，

你啊无边的现代。
我会将你
像一个球，抛在所有翻涌的
喜悦里，于是有人找到你，
将你的坠落
用高举的双手接住，
你啊万物之物。

我会使你像利剑一样
闪动光芒。
让你的火焰
被赤金的指环围拥，
那指环必将蕴含你的火
在纯白的手上。

我会绘画你：但不是在墙上，
而是在漫漫长空，从这边到那边，
我会塑造你，像巨人塑造你那样，
将你塑造成山，成火，
成西蒙风[294]，在沙漠中滋长——
或者
也有可能这样：我曾经
找到你……
　　　　　　　我的朋友已杳，

我几乎还听得见他们的笑声回荡；
而你：你从巢里跌落，
你是一只幼鸟，黄色的爪，
大大的眼，令我惜怜。
（我的手于你而言太宽大。）
我用手指从清泉中蘸起一滴水珠，
偷听你是否在热切地渴欲，
我感觉到你的和我的心在跳动，
二者皆出自恐惧。

我找到你在所有这些事物里，
我与这些事物亲如兄弟；
作为种子你自得于渺小，
巨大中你巨大地奉献自己。

如此驯服地穿过万物，
是力的奇妙的游戏：
在树根生长，在树干渐逝，
在树梢好像一次复活。

一位小兄弟的声音。

我在流逝，我流逝
如沙，从指缝流过。
我一下子拥有了这许多感官，
全都别样地焦渴。
我感到身上一百个地方
在肿胀在疼痛。
但最是在心的中央。

我要死了。让我一人静一静。
我相信，我就要
害怕得
血管迸裂。

看呐，上帝，有了一个建造你的新人，
昨天他依然是个孩童；双手
依然被妇人摆设成
半是谎言的合掌手势。
他的右手想要离开左手，
为了自卫或者为了招手，

为了在手臂的上面孤独。

昨天他的额头还好像溪中的
石头，被岁月磨洗得浑圆，
岁月没有其他含义，除了波浪拍击，
没有其他企盼，除了运来一幅画像，
从高悬着偶然的诸天；
今天拥挤
在额头上的，是一部世界历史，
面对一场毫不容情的审判，
沉陷在对自己的判决里。[295]

空间形成在一张新的面孔里。
光之前，不曾有光，
你的书，空前开始。

我爱你，你啊至柔的法度，
与你搏斗[296]中，我们得以成熟；
你啊巨大的乡愁，我们挥之不去，
你啊森林，我们从未走出，
你啊歌曲，我们用每一次沉默歌唱，

你啊幽暗的网，
情感在逃遁中陷入。

你无限尊大地开始自己，
在你开始我们的那一日，——
我们成熟在你的阳光下，
变得宽广，深深根植，
于是你在人、天使和马多娜之中
得以安息着成就自己。

就让你的手在天国之陂安息吧，
默然承受，我们暗中对你做下的。

我们是工匠：是伙计是学徒是师傅，
我们建筑着你，你啊高大的教堂中殿。
偶尔到来一位神色严肃的旅人，
如一道光穿过我们一百个灵魂，
他颤抖着出示给我们一个新的手柄。

我们手中悬挂着沉重的铁锤，
我们在摇荡的脚手架上攀登，

我们一直攀登到一个时辰将我们的额亲吻，
那个闪耀着、似乎知悉一切的时辰，
来自于你，如同来自于海的风。

然后是来自众多铁锤的一个回响，
一阵又一阵，在万山之中。
黄昏的时候，我们才松开你：
那一刻你未来的轮廓，暮色朦胧。

上帝啊，你本为大。

你本为大，致使我仅仅站在
你的近旁，就已不复存在。
你本为暗，我微小的明亮
在你的衿边毫无意义。
你的旨意，行如波澜，
每个日子都淹没在里面。

唯有我的渴念耸向你直到你的颏下，
立在你的面前像一切天使中的至大者：
一个陌生、惨白、依然未得救赎的，

将翅膀向你伸出。

不再欲求漫无涯际的飞翔，
厌倦了苍白飘过的月色，
也久已看惯世事沧桑。
欲求带着翅膀，如同带着火焰，
站立在你阴翳的面孔之前，
欲求借着翅膀洁白的光探看，
你灰白的眉是否在定他的罪。

如此多的天使找寻你在光里，
他们以额头碰撞着星辰，
欲求从每一道光芒里将你学习。
然而，每当我用诗歌写你，
他们却扭转面孔
离开你长袍的褶裥远去。

因为你本人只是一个黄金的宾客。
只为了那一刻，为了在清澈的
大理石的祷告里向你乞求的那一刻，
你显现成彗星之王，

你自负于额头的光之风暴。

你重返旧地，当那个时刻烟消云散之际。

全然黑暗的是你的口，我从中飘出，
而你的手，是一段乌木。

那个米开朗基罗[297]时代，
我曾在外国的书里读到。
那个人，凌越了一个尺度，
巨人般地，
将不可度测遗忘。

那个人，不断重现身影，
那时一个时代，在即将结束之际，
再一次总结自身的价值。
那时一个人依然将时代的全部重负高举，
然后抛入自己胸中的深渊里。

他的前人拥有的是苦与乐；
而他却依然只感受到生命的尺规，

因此他把捉万物如同把捉一物，——
只有上帝依然远在他的意志之上：
于是他痛恨又热爱上帝
因上帝的无法企及。

大树上帝的枝子，蔓延过意大利，[298]
已然发芽开花。
或许，它
喜欢用果实充满自己，过早地，
但是它却疲惫于开花，
将不结一颗果子。

只有上帝的春天在那里，
只有他的儿子，他的道，
成就了。
所有的力量
都转向那个光彩照人的男孩。
所有人都携带着礼物
来就他；
所有人都像基路伯一样唱出
对他的赞美。

他馨香轻逸
如玫瑰中的玫瑰。
他是一个圆
环绕着无家可归者。
他身披大氅，身形万变，
穿过时间所有上升的歌音。

那时，那个为果实而醒转、
那个羞怯而惊艳、
那个被往见的处女[299]也被爱了。
她盛开如花，她未被发现，
她的里面有百条道路。

那时，他们任她与青春岁月
一道离去、飘荡、漂泊；
她服事着的“马利亚生平”
因此高贵而神奇。
宛若节日长鸣的钟声
“生平”广布千家万户；
曾经的少女的慵懒
如此地沉入她的腹内，

如此地被那一位充满，
如此地足以容纳千人，
恍然一切都照耀着她，
她好像葡萄园[300]，在结果。

然而似乎，果实串的重负、
圆柱与拱廊的坍塌、
歌咏的歌尾[301]
重压了她，
童贞女已然在另外的时辰，
仿佛尚未分娩过更为大者，
把自己转向将临的
伤口。

她的双手，无声地松开，
空空垂落。
哀哉，她依然没有生下至大者。
而天使们，并不加以安慰，
陌生而可怕地立在她的周围。

所以有人将她绘画；尤其那一个[302]，
那个从阳光里收获渴望的人。
为他她成熟了，从一切的谜中，更纯洁，
但在痛苦中又越发地普通：
一生中他好像一个哭泣者，
泪流簌簌撞击着他的双手。

他是她的疼痛最美的面纱，
紧贴着她苦痛的唇，
仿佛已弯曲成微笑的姿容——
七根天使烛发出的光[303]，
不曾将他的隐秘战胜。

借一根与那一根[304]迥异的枝，
大树上帝，也将夏季般地
得宣扬，因成熟而簌簌；
一个国度里，人们在倾听，
在相似地孤独，如我。

因为唯有寂寞者能得启示，
风格相同的众多寂寞者

所蒙的恩多于寥寥的一个。
因为显现给每个人的是另一个上帝，
直到他们明认，在快要哭泣时，
穿过他们千里迢迢的意向，
穿过他们的获悉与否定，
一百个不同的他们的上帝中，
一个上帝行如波澜。

这是最后的祷告，
这是眼明的人后来的自言自语：
树根上帝已经结果子，
他正离去，去毁碎众钟；
我们正走向更寂静的日子，
时辰在那些日子里成熟。
树根上帝已经结果子。
你们当严肃，你们当看。

我无法相信，这微小的死，
我们日日在头顶之上望见，
留给我们一丝焦虑一丝窘困。

我无法相信，死的严重威胁；
我依然活着，我有时间去建筑：
我的血比玫瑰红得更久长。

我的思想比那个机智游戏更深刻，
游戏里死沉迷于游戏我们的畏惧。
我是世界，
世界里死迷惘地落出。

死一样，
云游的修士四处漂泊；
人们畏惧于他们的不断重现，
人们不知道：每次出现的是同一个，
是两个，是十个，还是千个或者更多？
人们熟悉的唯有这只异邦的黄皮肤的手，
伸开着，如此迫近而赤裸——
那，那：
那只手仿佛从人们自己的衣袍里伸出。

你该怎么办，上帝，倘若我死了？
我是你的瓦罐（倘若我碎裂了？）

我是你的饮料（倘若我腐败了？）
我是你的衣袍、你的生意，
失去我，你就失去了意义。

我之后，你就没有了家，没有了
家里亲切热情的话语向你问候。
从你疲惫的脚上脱落的
那双芒鞋，就是我。

你的大袍，从你身上滑脱。
你的目光，是我用面颊
如用一个软枕温暖地接受的，
将投来，将找寻我，长久地——
将在日落时分卧在
异国的乱石丛中。

你该怎么办，上帝？我忧心忡忡。

你是喃喃而语的满身烟炱者，
在所有的暖炉上[305]宽广地沉睡。
知识只存在于时间里。

你是幽暗的无意识者
直到永永远远。

你是求告者是惶恐者，
将一切事物的意义重压。
你是歌中的音节，
在重音的强制下
重现，越来越颤抖。

你从未别样地教导自己：

因为你不是招聚美的人，
不曾被财富围聚在中间。
你是朴素的人，节俭着。
你是农夫，蓄着胡须，
直到永永远远。

致小兄弟：

你啊，昨天的孩子，被迷乱光顾：
愿你的热血不曾盲目地挥霍。

你所想的不是享乐，你所想的是欢乐；
你被当作新郎培养，
而你的新妇当成为：你的羞耻。

巨大的喜悦也同样企盼着你，
所有的手臂忽然赤裸。
虔诚的图画上，惨白的面颊
被奇异的火焰闪烁；
你的感官恰如许多的蛇，
被音色的殷红所包围，
在铃鼓的节奏中绷紧。

突然你全然孤独而冷漠，
你的手憎恨着你——
而当你无意施行奇事之际：
—— —— —— —— —— ——
但那时如同穿过幽暗的街道，
上帝的传闻穿过你幽暗的血。

致小兄弟：

那么祷告吧，依着他教训你的样子，
他本人就是从迷乱中回来的，
所以，那些神圣的形象，
保持着自己本质的一切尊严，
在一座教堂里，在金闪闪的蓝玻璃上，
他为之绘画出美，而美手执一柄利剑。

他教训你要这样说：
你，我渊深的意义，
相信我，我不会让你失望；
我的血里有如此多的喧哗，
我知道，我来自渴望。

一个巨大的危机向我袭来。
危机的阴影里生命变得冷凉。
我第一次与你一道孤独，
你，我的情感。
你是如此的少女一般。

曾经一个妇人在我近旁，
一身褪色的华服向我招手。
但你却向我说起如此遥远的国度。

于是我的力
望向山冈的边际。

我有赞美诗，但我沉默不说。
曾有一次被坚立，
坚立中我感官低垂：
你看我高大，我却渺小。
你可以暗中将我分别，
从那些跪拜的物里面；
它们好像羊群，在吃草，
我是牧人，牧放在草坡，
羊群在迁移，黄昏在坡前。
跟着羊群我来到这里，
听着幽暗的桥低语，
羊背上的烟霭
藏匿着我的归来。

上帝啊，我竟在领受你的时辰，
如你，你的时辰在空间里变圆，
将声音置于你的面前；
虚无在你恰如一道伤口，
你用世界将之冷敷。

此刻虚无悄然愈合[306]在我们之中。

因为往事从病人身上
吸吮了无数的发烧，
我们在温柔的摇曳中感觉到
背景上平静的脉搏。

我们躺在虚无上和缓着，
我们遮掩了所有的裂痕；
而你却生长成无凭
在你面孔的阴影。

一切活动双手
不在时间那贫穷之城的人，
一切将双手搁放在轻悄的

一个地方，远离那条
几乎还没有名字的道路的人；——
他们说出你，你啊每日的祝福，
他们温柔地说着你，在一张纸页：

归根到底唯有祈祷，
因此我们的双手成为圣，
不去创造那未做乞求的；
无论一个人绘画还是收割，
已然自器具的环中
伸展出虔诚。

时间是一个多面体。
我们偶尔听说时间，
听说时间在行永恒与古老的事；
我们知道，上帝翻动我们，
大小如一根髭须一领衣衫。
如同矿脉在玄武岩中，
我们在上帝坚固的荣耀里。

名字恰如一道光
坚硬地印在我们的额上。
那时我的面孔低垂
面对这早来的审判，
我看见（从那时起一直被谈论）
你，巨大而暗去着的重量
在我之上，在世界之上。

我在时间里蹒跚升起，
你却缓缓将我弯坠而出；
我身躯蜷曲在悄声争辩之后：
此刻你的黑暗深感惋惜
惋惜于你温柔的胜利。

此刻你拥有我却不知我是谁，
你宽广的感官仅仅看见
我在暗去。
你异常柔情地握住我，
倾听我的手是怎样
穿过你苍老的胡须。

你的第一句话是：光：
就有了时间。而后你长久沉默。
你的第二句话变成了人[307]，惶恐着，
（话音里我们仍然昏暗），
你的面孔再一次陷入沉思。

我却并不想要你的第三句话。

我时常在夜里祷告：变为哑巴吧，
始终生长在手势里，
在梦中被灵催动，
将沉默沉重的总数
在额头与诸山上书写。

愿你成为避难所，迎对那
将无以言表之物逐出的愤怒。
夜幕已降临在乐园：
愿你成为带着号角的看守的人，
只被讲述，你吹号角的事。

你来而复去。重门关闭
无限温柔，几无翕动[308]。
穿过悄然的房屋的一切人里，
你是那至为轻悄的。

如果书中的图画，被
你的身影湛蓝，变得美丽，
人们就能对你感到习惯，
就不会向书外望去；
因为万物总在将你鸣响，
时而轻悄，时而喧阗。

每当我在沉思中将你看见，
你的所有形象就四处分散；
你行走着纯如浅亮的鹿群，
而我幽暗，是森林。

你是车轮，我立在上面：
你无数幽暗的轮轴中
有一个沉重的总是再一次出现，
旋转着迫近我，
于是我甘愿的工作增长着，
一次次重现。

你是至深者，却高耸入云，
你是深潜者，是钟楼的嫉羡。
你是温柔者，自言自语，
然而，如果一个胆怯者向你探问，
你却又沉湎于沉默。

你是矛盾之森林。
我愿将你孩子一样轻摇，
但你的诅咒竟然应验，
骇然高悬于万民头上。

第一部书为你书写，
第一幅画将你试探，
你身在苦与爱之中，
你的庄严仿佛提炼自矿石，
在每一个把七个完成的日子
与你相比较的人的额上显现。

你消失在千万人之中，
所有的祭物都已冷却；
直到你在高昂的唱诗声里
感动在黄金的重门之后；
一丝与生俱来的忧惧，
为你佩戴上形象。

我知道：你像谜一样，
被时间在踌躇中环拱。
啊，何竟我将你创作得如此美丽，
在将我绷紧的一个时刻中，
在我的手的一次放肆里。

我绘出许多装饰性的草图，
我细听了所有的障碍，——
于是我的构想积劳成疾：
直线和椭圆
纷乱如荆棘藤蔓，
直到我心深处一瞬间
所有式样中最虔诚的一个
从一个手柄涌入无凭。

我无法展望我的工作，
但是我感觉到：它在完成。
然而，移转目光，
我欲总是再一次建造。

这就是我的日常工作，我的
身影落在上面像一个外壳。
纵然我好似树叶与黏土，
但只要我祈祷或者绘画，
那日就是礼拜日，那时我就是
山谷中欢呼着的耶路撒冷。

我是主骄傲的城，
我以百舌将他称颂；
大卫的感恩[309]萦回在我里面：
我偃卧在竖琴的暮色中，
呼吸着黄昏之星[310]。

我的街道通往日升之地。
如果我被我民长久遗弃，
就是说我变得更加尊大。
我听见每个人在我里面徐行，
我铺展我的寂寞
从开始到开始。

你们众多未受侵凌的城啊，
你们就从未渴望过仇敌？
啊愿你们被他们围困
漫长、动荡的十年。

直到你们对他们绝望，充满哀伤，
直到你们因他们而饱受饥荒；
他们如一道风景横亘在城墙之外，
因为他们是如此地知道，坚忍，
才能得到他们袭击的城。

如若你们从屋檐向外张望：
他们驻扎在城外，没有衰疲，
没有减员，没有虚弱，
没有派人进城
恐吓、允诺与游说。

他们是巨大的攻城车，
担负着一项喑哑的工作。

我抛开双翼回返故乡，
抛开这曾让我迷茫的翅膀。
我是赞美歌，上帝是韵，
依然在我的耳中喧响。

再一次寂静而简朴，
我的歌声已然停歇；
我的面孔低低垂下，
做着更好的祈祷。
对旁人而言我就像风，
飘摇着将他们呼唤。
我曾经远扬，在天使之所，
我曾经高举，在光归于虚空的地方——
上帝却深深暗去。

天使是最后的吹拂，
在上帝的枝梢边际；
离开上帝的枝，
在他们就像梦。
他们信奉光，胜过
信奉上帝黑色的力量，
所以路西弗[311]逃到了
他们的近旁。

路西弗是光之国的王，
他的额头陡立在
虚无巨大的光芒之上，
他的面孔已然烧焦，
所以他乞求黑暗。
他是明亮的时间之神，
时间为着他喧然苏醒，
因为他常在痛楚中呼喊，
常在痛楚中大笑，
所以时间信奉他的救恩，
依恋他的权柄。

时间好像书页上
一角枯萎的边缘。
时间是上帝抛弃的
一领闪光的衣衫，
而路西弗，始终渊深者，
疲惫于飞翔，
年年藏匿，
直到他树根般的发
穿过万物疯长。

你只会被行动把握，
只会被双手擦亮；
一个意义只是一个过客，
渴望弃绝尘寰。

每个意义都被虚构，
在其中可感受到精美的边际，
于是有人开始编造：
你却出现并奉献自己，
袭击那些逃离的人。

我不想知道，你在哪里，
且请处处向我宣讲。
你甘心的传福音的人
记下一切，却忘记了
去查看声响。

我却总在向你走去，
用我完整的行走；
究竟我是谁、你是谁，
我们互相并不了解。

我的生命拥有的袍服和发式，
与所有古代沙皇临终时的一样。
权柄异化的仅仅是我的口，
而我的国，被我在沉默中完满，
集聚在我的背景上，
我的感觉依然是戈苏达[312]。

对于他们，祈祷始终就是建造，
抛开一切尺度去建筑，使惊吓
宛然变成尊大，变得美丽，——
还有：将每一个跪拜的和虔信的
（在没有其他人察看的时候）
以众多金黄的、天蓝的、
五颜六色的穹顶加高。

因为，那些教堂、那些修道院，
在自己的攀升与重生中，
化为竖琴，那鸣响着的得慰藉者，
凭借它们，半得拯救者的手
得以行在王和少女的面前。[313]

而上帝吩咐我，要我写下：

成为君王们的残暴[314]。
残暴是爱之前的天使，
没有这道彩虹，
就没有我通往时间的桥。

而上帝吩咐我，要我画出：

时间是我最深的痛，
所以我在时间的盘里放入：
不眠的妇人，圣痕，
富有的死神（死神会计算时间），
城邑惶恐的巴库斯节[315]，
疯狂与君王。

而上帝吩咐我，要我建筑：

因为我是属于时间的王。
但对你而言我却只是
你的寂寞灰色的[316]知情者。
我是眉下的眼睛……

眼睛越过我的肩头望去

直到永永远远。

千百位神学家潜入
你的名的古老的夜。
少女们为你而苏醒，
少男们身披银甲行进，
闪烁在你里面，你啊战争。

你长长的拱廊里
诗人们彼此相遇，
他们是乐音之王，
温婉深邃而精湛。

你是温柔的黄昏时分，
你使诗人们彼此相像；
你暗催自己进入他们的口，
在寻得一物的感觉中，
每个人都用华贵将你环绕。

十万张竖琴将你高举，
好像来自沉默的十万羽翼。

你的古老的风
向万物与需求吹去
你的荣耀的气息。

诗人们将你撒播
（一场狂风遍吹一切口吃），
我却欲将你再次收集
在使你喜悦的容器里。

我漫行在许多的风里；
那时你千百次风里飘飞。
我带来一切我所寻得的：
盲人需要你当作杯盏，
仆役将你格外深藏，
而乞丐却将你递出；
偶尔落在一个孩子身边的，
是你意义的一块巨大断片。

你看见我是一个找寻者。

一个人，倒背着双手

隐匿地走来，如一个牧人；
（你可愿将那迷惑着他的、
陌生人的目光从他身上转离）。
一个人，梦想完成你
也梦想完成他自己。

索伯[317]里罕见阳光。
墙自形象中生长，
涌过少女和老人，
那黄金的皇帝门[318]，
如同张开的翅膀。

门柱边上的墙，
消隐在圣像后；
安居在寂静的白银里，
岩石，如唱诗升起，
复又坠入冠冕，
比之前更美地沉默。

岩石的上方，湛蓝如夜，
面色苍白，

悬浮着，是你喜悦的妇人：
她是看门的妇人，是晨露，
她在你周围盛开，如谷地，
绵延不绝。

穹顶被你的儿子充满，
圆圆地扣在建筑物上。

你可要屈尊登上你的宝座，
我战栗中望见的？

那时我踏入，作为朝圣者，
满怀痛楚地在额头
我感受到你，你啊岩石。
以光，以整整七道光[319]，
我将你幽暗的存在移换，
每一幅画像上，我看到
你褐色的胎记。

那时我站在乞丐站立的地方，
他们残缺，他们瘦瘠：

从他们的载浮载沉中
我领会了你，你啊风。
我看见那个农夫，年事已高，
须发苍苍，仿佛若亚敬[320]，
在外面，当他暗去的时候，
纯被相似者所围裹，
我领受到你，从未这般柔嫩，
这般无需语言启示，
在一切里，在他里。

你将奔跑留给时间，
里面你从未有过安宁：
农夫找到你的意义，
将之捡起，将之丢弃，
又再次将之捡起。

当看守的人在葡萄地里
有他的草棚，守望的时候，
我是草棚，我主，在你手里，
我是夜，主阿，属于你的夜。

我是葡萄园，牧场，古老的苹果园，
我是田地，从未错过一个春天，
我是无花果树，即使在大理石般坚硬的
土地上也结出了一百颗果实：

芬芳出自你浑圆的枝头。
你却不问是否我会警惕；
无畏地，溶入树汁，你的渊深
静静从我的身旁升起。

上帝只在每个人被创造之前，才同他说话，
然后，上帝沉默着同他一道走出黑夜。
但是那些话，每个人开始之前的，
那些云雾迷蒙的话，就是：

被感官驱使的你，
走吧，一直走到你渴望的边缘；
给我袍服。

作为火在万物背后生长吧，
使万物的阴影紧绷，

始终将我完全遮盖。

让一切临到你吧：美与恐怖。
只能走下去：没有哪种情感最远。
不要让我与你分开。
大地近在咫尺，
他们称之为生命。

从生命的严肃里
你会将之认清。

给我你的手。

我曾厕身于老迈的修士、画师和神话传播者中间，
他们安详地编修历史、刻画赞美的如尼文字[321]。
幻觉中我看见，你与长风、众水和森林
一道喧响在基督教的边际，
你啊，未被朗照的大地。

我要将你讲述，我要将你察看与书写，
不用朱砂不用黄金，只用来自苹果树皮的墨汁；

即使用珍珠，我也无法将你装订在书页，
我感官创作出的最为战栗的图画，
你简朴的存在也会极度令它黯然。

因此我要将你里面的万物仅仅质朴无华地命名，
我要称呼它们为王，那些远古的王，在他们诞生的地方，
我要将他们的行迹与争战，报道在我书页的边上。

因为你是土地。时间于你只似一个夏季，
那些近前的与那些远去的，你一视同仁，
你牵挂是否他们已学会更深地播种、更好地耕耘：
你感觉到自己仅仅被相似的收割轻触，
你听见，徐行在你之上的，既非播种者又非收割者。

你啊暗去的土地，你隐忍地承受着城墙。
或许你还能容许城邑一个小时的持存，
或许还能提供两个小时给教堂和寂寞的修道院，
或许还能给所有得救者留下五个小时以劬劳，
或许还能看见农夫七个小时的日常劳作——：

在你无法克制恐惧的时辰里，再一次化作森林、

流水和疯长的荒野之前，
你将自己未完成的肖像
　从万物中索回。

再赐给我片刻时间吧：我欲爱万物爱得无人能比，
　直到它们全都让你感到相称而辽阔。
　我仅仅欲求七个日子，七个
　尚未有人书写的日子，
　　七页寂寞。

　谁你给他这本含有这七日的书，
　谁就将埋首这些书页里。
　除非，你拿他在手中
　　亲自书写。

就这样我只作为孩子醒来，
就这样安然于信赖
在每一阵恐惧和每一个黑夜之后
将你再一次凝望。
我知道，无论何时我的思维量测你
如何深，如何长，如何广——：

你都在，都在，都在，
因时间而战栗。

我感到，似乎此刻我既是
孩子又是少年、成人乃至更老。
我觉得：唯有这个环是富有的，
因环的重现[322]。

感谢你，你啊渊深的力，
你越来越轻悄地与我一道创作，
如同身后无数的墙；
此刻，工作日才使我感到简朴，
如同一张圣洁的脸
迎向我幽暗的手。

片刻之前我并不存在，
你可知道？而你说不知。
于是我感到，只要我不匆急，
我就可以永不消逝。

我更是梦中的一个梦。

唯有那渴望一个边际的，
才像一个白昼才像一个乐音；
我陌生地涌过你的手，
于是发现无数自由，
但你的手却哀伤地放弃。

就这样黑暗始终使你孤独，
于是，生长在空虚的光里，
从越来越盲目的山岩上
一部世界历史高高耸起。
可曾还在，一个建造的人？
团块欲求再度成团，
岩石也仿佛被放开，

于是无一被你凿落

光喧嚷在你的树的枝梢，
令你的一切事物虚妄而斑斓，
白昼暗去时，它们才将你找到。
暮色，那苍穹的柔情，
将千只手落在千个树巅，

于是陌生在其下变得虔诚。

你意欲仅仅这般将世界掌握，
用这些最温柔的手势。
从大地的天空里你领会大地，
在你的衣襟底下你感觉着它。

你以这样一个轻悄的方式存在。
那些使你显赫的名为圣的，
久已忘记你的邻人。

你的手高举如山，你的喑哑的力
伴着幽暗的额从中升起，
将律法恩赐给我们的感官。

你啊甘愿者，你的慈爱总是
出现在所有最古老的手势里。
如果有谁交叠双手，
致使双手温顺，
围绕着一片小小的阴影——：
他就会刹那间在里面感受到你，

你面孔低垂
在羞惭中
在风里。
于是他试探着，在石上
躺下站起，在别的人看他时，
他辛苦地摇你入睡，
唯恐被人知道你仍然醒着。

因为感觉到你的人，无法因你而得意；
他为你而惊恐不已，为你害怕，逃离
所有那些想必觉察到你的陌生人：

你是旷野里的神迹，
临到那些流亡的人。

白昼边际的一个时刻，
大地已预备好一切。
你在渴望什么，我的灵魂，说吧：

成为石楠荒原吧，变得辽阔。
拥有古老的，古老的库尔干[323]吧，

芳草萋萋，杳无人迹，
明月高高悬在平缓的
暌违已久的大地。
成形吧，寂静。成形为
万物（尚在童年，
它们对你言听计从）。
成为石楠荒原吧，石楠，荒原，
于是还会出现那位老人，
他与黑夜，我几乎分辨不清，
我倾听着的房屋里，
他带入自己巨大的失明。

我看见他长坐沉思，
并未超过我的视线；
但于他一切都在内部：
长天，荒原与房屋。
只有那些歌让他失落，
那些他永不再开始的；
但却被时间与风尽享，
以数以千计的耳；
以众门之耳。

尽管如此，我却似乎
将他的每一首歌
为他深藏在我心底。

他沉默在颤抖的胡须后，
他或许愿意从自己的旋律里
再次赢得自己。
于是我来到他的膝前：

而他的歌，潺潺
向他的心内，流返。

朝圣之书[324]

你并未惊异于狂风的冲力，——
你已经将它的成长目睹；——
树在逃逸。树的逃逸
创造出步履蹒跚的林荫路。
于是你知道，树所逃避的，
是你正走向的，
是你伫立在窗前，
你的感官在歌唱的。

夏日的星期静静停伫，
树的血液冉冉升起；
此刻你感到，它所渴望落入的，
是那创造万物的[325]。
当你抓住果实的时候，
你确信已经认出那力量，
此刻，它再次变成谜，
而你，再次成为过客。

夏日曾经如同你的房屋，
你熟悉里面的一切——
此刻，你必须走出去，走入
你的内心，如同走入平野。
巨大的寂寞开始了，
日子变得顽聋，

风从你的感官里卷走
世界，如同卷走枯叶。

透过空空枝条在俯看的，
是天空，被你拥有；
此刻，成为尘世吧，成为暮歌[326]，
成为大地，与天空相般配。
此刻谦恭吧，如一个事物，
向着真实成熟，——
好让那个，有音信传来的，
一旦握住你，就能将你感觉。

我再一次祈祷，显赫的你，
你再一次听见我，因风，
因为我心深处从未用过的
隆隆不绝的话语变得大能。

我曾被分散；仇敌身上
片片散落着我的我。
主阿，所有笑的人都在笑我，
所有饮的人都在饮我。

庭院里我将自己收集，
从垃圾中，从旧玻璃里，
我用半张嘴向你期期，
你，来自均等的永在者。
我何竟举起我的半只手
在无名的祈祷中举向你，
愿我再次找到双眼，
用来将你凝望。

我是烈火之后的残屋，
里面只有凶手偶尔酣睡，
曾经，他们饥饿的惩罚
在地上将他们持续猎杀；
我如海边的一座城，
被一场瘟疫来袭，
如一具尸体沉沉
将孩子牵在手里。

我对自己陌生得如同路人，
我仅仅知道，我年轻的
母亲怀胎有我时，
我曾伤害了她，
致使她的心，那被束缚的，
异常痛楚地敲击着胚胎的我。

此刻我被再次建造，
用我的耻辱所有的碎片，
我渴望一根纽带，
渴望一个一致的理解，
将我整体地视作一个事物，——
我渴望你的心的巨大的手——
（哦，愿它们就摆在我的面前）
我计数着自己，我的上帝，而你，
你有权，将我浪掷。

我还是那个人，那个身穿
修士袍服跪在你面前的：
那个深沉、服侍着的利未人[327]，
被你充满，将你创造。
声音来自一个静静的单间，
单间外世界飘扬而过，——
而你仍旧是波澜，
行越一切事物。

不是别的。只是一片海，
从中偶尔升起一片片陆地。

不是别的，只是一阵缄默，
属于美丽的天使，属于小提琴，
而那位被隐瞒的，
一切事物向他伏俯，
因他的大能的光而沉重。

难道你就是一切，——而我是那一个，
屈服而又反抗的？
难道我不是那一般的，
不是一切，当我哭泣时？
而你是那一个，将我垂倾听的？

难道你听见的是我身旁的什么？
那里除了我的声音还有别的？
可是一阵狂风？我也是狂风，
以我的林涛向你示意。

那可是一支歌，病羸而微弱，
在你的应答中将你打扰，——
我就是一支歌，求你俯听
我的无人凝听与寂寞。

我还是那个人，时而
忧惧地问你“你是谁”。

每个日落之后，
我伤痛而孤寂，
是一切被救拔者中苍白的一个，
是每个群类中被鄙弃的一个，
一切事物耸立，如修道院，
我被囚禁在里面。
于是我需要你，你啊知情者，
你，每个困境里温柔的邻居，
你，我的轻悄的第二个苦难，
你啊上帝，我需要你就像需要饼。
你也许并不知道，黑夜
对无眠的人意味着什么：
黑夜是一切不公正，
是白发老翁、少女和孩童。
黑夜升上天穹如同升天，
被黑色的事物紧紧环绕，
黑夜苍白的手在震颤，
交织在一个狂野的生命里
如同狗在一幅狩猎图中。
往事依然肃立在眼前，
尸身却躺在了未来，
一个长袍男人叩打房门，
眼里依然毫无第一缕
晨光的预兆，耳中

依然听不到鸡声啼晓。
黑夜就像一座巨大的房屋。
以受伤的手的恐惧
被众门拖入墙壁，——
于是现出没有尽头的通道，
一道不通向任何地方的门。

这就是，我的上帝啊，这就是每一个黑夜；
永远有那些醒来的人，
他们走啊走，却找不到你。
你可听见他们用盲人的步履
踩踏着黑暗？
你可听见他们在祷告，
在蜿蜒而下的台阶上？
你可听见他们栽倒在黑黑的岩石上？
你必听见他们在哭泣；因为他们在哭泣。

我找寻着你；因为他们经过
我的房门。我几乎能够看见他们。
谁我当呼求，如果不是那一个，
幽暗朦胧，比黑夜更黑夜的？
那个独一者，无灯而醒，
但并不惊慌；那个深沉者，依然
不曾被光恩宠，但却被我知悉，

因为他与树一道生出大地，
因为他悄悄地
作为芬芳从大地里升起，进入
我低垂的面孔。

你啊永在者，你已经向我显身。
我爱你如同爱一个可爱的孩子，
还是孩子时，他便离弃了我，
被命运召唤到王座，
面前的国就是一切山洼[328]。
得到回爱时我已然白头，
已不再理解自己长大的儿子，
也很少明白，他的后代
所欲求的新鲜事物。
我有时焦虑于你深深的幸福，
它动用了这么多异邦的舰船，
我有时愿想你回到我的里面，
回到将你养育大的这个黑暗。
我有时忧惧，如果我遽然
消逝在时间里，你将不复存在。
于是我阅读着你：传福音的人

处处书写了你的永恒。

我是父亲；而儿子却是更多，
是父亲曾是的一切，将成为
父亲不曾成为的，在那至大者中；
他是未来与归来，
他是襟怀，他是海……

我的祷告对你没有丝毫亵渎：
我犹在古代的书中查阅出，
你我有非常近的亲缘——千丝万缕。

我想要给你爱。这个和那个……

难道人们会爱父亲？人们不是
如同你离开我一样，神色严峻，
离开父亲无助而空虚的手？
人们不是悄悄将他枯萎的话
放入陈旧的、罕有人阅读的书？
人们不是从他的心，如同
从分水岭，流出，带着喜与悲？

难道这个父亲不是我们曾经的那位；
被陌生地忆起的逝去的年华，
过时的姿势，破敝的袍服，
枯槁的双手，飞霜的头发？
纵然他是他那个时代的英雄，
现在却一片叶，在我们成长时，凋落。

他的细心在我们如同一个梦魇，
他的声音在我们如同一块山岩，——
我们想要依从他的教训，
但他的话我们却听了一半。
冗长的剧本在他和我们之间，
为了彼此理解而喧声震天，
而我们仅仅看见他的口型，
看见音节从他的口中掉落，消逝。
就这样我们离他比远方还远，
尽管爱依然遥远地将我们牵连，
只是他在这个星球上死去时，
我们才知道，他曾在这里活过。

这就是我们的父。而我——

我当称你为父么？
这就意味着我与你千次分离。
你是我的儿子。我会认出你，
就像人认出他心爱的独子，即使
儿子已长成一个男人，一个老翁。

熄灭我的双眼，我也能看见你[329]，
关闭我的双耳，我也能听见你，
没有脚，我能够走向你，
没有嘴，我依然能将你呼求。
折断我的双臂，我就握你
用我的心如同用手，
停止我的心跳，我的脑仍会跳动，
倘若你在我脑中投入烈火，
我就用我的血将你承负。

我的灵魂是你面前的一个女人。[330]
像拿俄米的儿妇，像路得。

白天她围着你的麦堆走动，
像一个婢女，做着下等的活计。
而傍晚她下到河里，
沐浴抹膏，换上非常好的衣裳，
她向你走来，在万物围你静息时，
她走来，掀开你脚上的被。

到了夜半你问她，她非常纯真地
回答说：我是路得，你的婢女。
求你用你的羽翼遮盖你的婢女。
你是继承人[331]……

于是我的灵魂睡去，在你的脚下
直到天将晓，因你的血而温暖。
是你面前的一个女人。像路得。

你是继承人。
儿子们是继承人，
因为父亲们死了。
儿子们站着、在开花。
　　你是继承人：

于是你继承
旧日花园的青翠与倾圮的天空
寂静的蓝。
你继承千日凝成的露水，
言说着阳光的许多夏天，
喧嚷的春带着光华与哀叹
如少妇的许多信笺。
你继承秋，如奢华的衣装
留在诗人们的回忆里，
所有的冬，如失去双亲的大地，
恍然在悄悄依偎着你。
你继承威尼斯、喀山和罗马，
佛罗伦萨将是你的，还有比萨大教堂[332]，
还有圣三一大修道院[333]，还有洞窟修道院，
在基辅的花园下，
穿廊错综，幽暗而缭乱[334]，——
众钟和鸣的莫斯科宛如回忆[335]，——
而声音将是你的：小提琴，圆号，风琴，
每首歌曲，深沉响起，
在你身上闪亮如同宝石。

为你，诗人们只是幽禁自己，
他们搜集富丽堂皇的图画，
他们离家远去，因比喻而成熟，

他们毕生孤独如此……
为你，画家们只是画着他们的画，
以便你**不朽地**收回
你必朽地创造出的自然：
万物皆恒。看呐，那个女人早已
在玛多娜·丽莎[336]身上成熟如酒；
不会再有谁比她更女人，
新的事物并没有添增新的女人。
那些雕塑着的人，如同你。
他们欲求永恒。他们说：石头，
成为永恒吧。也就是说：成为你的！

同样，那些爱着的人，为你而搜集：
他们是一个短暂时刻的诗人，
当他们将一张毫无表情的唇塑造得更美，
他们就频频狂吻挂在上面的一丝微笑，
他们带来喜悦，他们是习惯者，
习惯于使人初初成长的痛楚。
他们用微笑携来痛苦，
他们是渴望者，他们睡去，醒来，
最终恸哭在陌生的胸膛。
他们聚集起谜，然后死去，
如未曾领会就死去的动物，——
然而他们或许会留有后代，

他们青葱的生命在后代中成熟；
借由这些你将继承那份爱，那份
他们盲目地如在梦里地为之献身的爱。
就这样事物的丰盈流向你。
仿佛从喷泉的上方承水盆
涓涓溢涌，仿佛来自飘飘
长发，涌入最深的盘，——
丰盛落入你的山谷，
当事物和思想开始跃变时。

我只是你的至为低微的一个，
从单间里瞻视着生命，
他，离人类比离事物还远，
不敢估量发生的一切。
但是你意欲我在你的面前，
你暗暗抬起你的眼的时候，
你却不认为我在放肆，
尽管我对你说“无人生活他的生活”。
一个个偶然是人类、是声音、是断片，
是平日、是焦虑，是众多小小的幸福，
装扮成孩童，裹得暖暖的，

装扮成面具，老于世故，装扮成面孔——寂哑无语。

我时常想：宝屋定会存在，
里面平放着这一切生，
如铠甲、如暖轿、如摇篮，
从未有真正的人爬入，
如衣裳，全然孤独
而无法站立，松垂地紧贴在
隆起着岩石的坚固的墙。

黄昏时分我不断行远，
走出令我疲惫的花园，——
我知道：一切道路通向
无生命之物的军械库。
那里草木不生，大地绵延，
仿佛环绕着监狱的
窗户全无的七层环墙。
墙上的大门，遍布铁线，
阻挡着那些企盼进入的人，
墙上的栅栏，出自人类的手。

但是，纵使每个人都竭力挣脱自己，
如同挣脱憎恨他拘禁他的囚牢，——
这也是世间的一个伟大奇迹：
我感到：**一切生活都被生活**。

究竟是谁在生活？是事物，停在
黄昏里，仿佛一段
未被奏出的旋律，停在竖琴里？
是风，从水上吹来？
是枝，彼此暗自传情？
是花，芬芳如织？
是漫长的老去着的林荫路？
是热情的动物，在离去？
是鸟，陌生地高飞？

究竟是谁在生活？是你么上帝，在生活——生活？

你是老人，头发
被烟熏被火燎，
你是尊大的不发光者，
铁锤握在手中。

你是铁匠，是岁月之歌，
你永远站在铁砧旁。

你从没有休息日，
你暂歇在劳动中，
你可能死去，因一把剑，
尚未闪光尚未平滑的剑。
当我们的磨坊和木厂停歇，
所有人都醺然而慵懒时，
就会听见你的锤击声
响在城里所有的钟。

你是成年人，是大师，
无人见过你在学习；
你未被明认，你远道而来，
时而低语时而高声流播的，
是关于你的谣言和传闻。

传闻四起，猜测着你，
疑惑重重，模糊了你。
懒散的人和沉迷梦境的人

不相信自己的热情，
他们意欲看到诸山流血，
他们宁愿不将你信奉。

而你却低垂着面孔。

你有能力将诸山之脉劈开，
将之作为一个大审判的预兆；
但你并不在意
异教徒。

你不欲与一切诡诈争辩，
也不欲去找寻光的爱戴；
因你并不在意
基督徒。

你不在意那些发问的人。
面色温柔，
你只留意那些背负的人。

一切寻找你的人，试探着你，
他们，就这样找到你，绑缚你
在画像和姿态里。

我却想要领会你，
像大地领会你一样；
以我的成熟
成熟
你的国。

那些将你证实的虚谎，
我无一想要。
我知道，时间的名
不同于
你的。

别为我显示神迹。
且让你的律法正确，
世世代代
更被彰显。

当某物从我的窗口落下时
（即使可能是最微小的）
重力定律就何等地冲下
强大如来自海的风
冲向每一个球每一颗浆果，
将重力传递到世界的核。

每一个事物，诸如顽石、
鲜花、夜里的每一个
小孩，都被监视着，
被一个待飞的善意。
只有我们，放肆地，拥挤出
若干的关联，
进入虚空里的一种自由，
付出聪明的力，却不是
站起身躯如一棵树。
不是在最宽广的轨道上
无声无息心甘情愿地排列，
而是纠结在一起，以一些方式，——
而谁将自己排除在所有的圈外，
谁此刻就会莫名地孤独。
于是他必须向事物学习，
再次开始如一个孩童，
因为事物，将上帝放在心里，

没有被上帝离弃。
他必须再次掌握一件事：坠落，
耐心地在重力中静止，
他就胆敢在飞翔中
超过所有的鸟。

（因为甚至天使也不再飞翔。
沉重的鸟形如撒拉弗[337]
围坐在他的四周，在沉思；
鸟的残骸，形同企鹅，
渐渐萎缩……）

你心存谦卑。你的面孔
低垂，在静静的自我理解内。
就这样年轻的诗人夜夜走在
荒僻的林荫路。
就这样农人们围立着尸体，
那是一个孩子在死中消隐[338]，——
发生的事，竟是这般雷同：
重大的事总是最先发生。

谁第一次觉悟到你，
谁被邻居和钟表干扰，
谁行走着，俯身向你的足迹，
仿佛在负重，仿佛已老迈。
谁才会临近自然，
感受到风与远方，
倾听你，被田野喁语，
目睹你，被星辰吟唱，
此外无处更能寻到你，
一切只是你的衣裳。

他感到你崭新、亲切、良善，
惊艳如一次远航，[339]
一次悄启幽帆
扬波在大河之上。
风中的大地，辽阔平坦，
泄露出浩瀚的长天，
臣服于古老的林莽。
小小的村庄，临近，
又渐渐行远，如钟声，
如昨日，如今天，
如我们看见的一切。
就在这江河奔流中
城市总是一再浮现，

迎着节日般的航行，
扑翼而来。

偶尔舟船驶到某个地方，
没有村庄与城市，寂寞地
等待着什么，在水波上，——
等待着那无家的人……
为这样的人停下的，是那些小马车
（每一驾车都有三匹骏马），
它们气喘吁吁地在黄昏后，奔逐
在一条渐渐隐没的路上。

这村里立着最后一座房屋，
寂寞得如世界的最后一座。

街道，小村挽留不住，
渐行渐远向暗夜遁入。

小村只是一条通道，连接着
两个辽远，充满预感和惶恐，
房前的大道替代了小路。

那些离开村庄的，长久漂泊，
或许许多已经死在半途。

有时一个人在晚餐时起身，
走出去，走，走，走，——
因为一座教堂，矗立在东方。

孩子们为他祈福，如对死人。

一个人，死在自己的家中，
始终住在里面，始终在餐桌与杯盏间，
于是孩子们走出去，走入世界，
向教堂跋涉，那个被他遗忘的。

疯狂是个巡夜人，[340]
因为他醒着。
每个时辰他都笑着停下来，
为夜找寻一个名字，

他称夜为：七，二十八，十……

一个三角铁悬在他手中，
他在颤抖，所以三角铁撞击着
他不会吹的号角，唱响
他带给家家户户的歌。

孩子们拥有一个好的夜，
在梦里听着疯狂在巡夜。
当疯狂从一旁走过时，
狗们却挣脱项圈，
在房里四处奔走，战栗着，
惧怕他的再次回来。

你了解那些圣徒吗[341]，主啊？

甚至深锁的修道院房间，他们
也觉得距喧笑与号哭太近，
于是他们深深钻入大地。
每一个都伴着自己的灯，呼吸着
自己的洞窟里稀薄的空气，

忘记了自己的年龄自己的面孔，
他们活着，仿佛无窗的房屋，
他们不再死，他们似乎久已死去。
他们很少阅读；一切都已枯萎，
似乎严寒爬进了每一本书，
思想垂挂在每一个词上，
恰如袍服悬垂在他们骨骼。
即使在幽黑的通道里感受到对方，
他们彼此也不再交谈，
他们听任自己长发披面，
他们无人知道，是不是邻伴
不是已经站着死去。

一个圆形的空间里，
银灯以香膏为食，
他们这些同伴偶尔也聚集在里面，
面对着黄金的门如同面对着黄金的花园，
他们不信任地张望梦里，
他们用长长的胡须窃窃私语。

里面不再有黑夜白天之分，
他们的生命漫长如同千年；
他们，仿佛被一阵波浪翻卷，
返身回到自己母亲的子宫。

他们团身而坐，如同胚胎，
大大的头，小小的手，
不饮不食，他们恍然已找到饮食，
从那黑黑地包围着他们的大地。

此刻他们被展示给千万朝圣者，展示给
那些从城市和草原涌向这修道院的人。
他们已经躺卧了三个百年，
他们的肉身却未遭衰变。
黑暗仿佛烟炱而成的光，堆积
在他们长期存贮的形象之上，
那被秘密保存在织物下面的形象，——
他们合在一起的双手已经无法分开，
放在他们山一般的胸膛之上。

你啊庄严伟大的古代王公：
因为他们深深潜入大地，你就
忘记了向他们这些被埋葬者
派遣将他们磨灭的死亡？
那些，那些生死同一的人，
最相似于不朽？
这是你尸体的伟大生命，
会比时间上的死亡更久长的生命？

他们还符合你的种种计划吗？
你啊，无法量测者的一切尺度，
这些不朽的容器，你欲有朝一日
用你的血充满，你会保存它们吗？

你是未来，是漫天朝霞
高悬在永恒的平野。
你是鸡鸣，啼破时间之夜，
是露水、晨祷与少女，
是陌生男子、母亲与死亡。

你是自身变化着的形象，
永远寂寞地从宿命中耸起，
始终不被欢呼，不被哀叹，
不被记写如一片荒林。

你是事物渊深的典范，
将自身本质的终极话语隐瞒，
对不同的人你永远不同地显现：
于船你是岸，于陆你是船。

你是建在圣痕上的修道院。
有三十二座古老的大教堂
和五十座蛋白石
与片片琥珀砌成的教堂。
庭院里的每一个事物上
停落着你的一节乐声，
强大的大门开口歌唱。

长长的房屋里居住着修女，
黑衣的姊妹，七百一十人。
有时一位出现在井边，
有时一位站着如同被丝缠，
有时一位，款款而行，
在沉默的林荫路中，如在夕阳中。

她们大多数人，人们从未看见；
她们耽留在房屋的沉默里
仿佛无人识得的旋律
在小提琴病恹的胸腔里……

环绕教堂形成一个圆，
被伤感的茉莉簇拥着，
墓地，岩石一样
轻声闲谈着那个世界。

那个世界，已不复存在，
尽管曾汹涌向这修道院，
曾蔓生在虚荣的白昼和琐碎里，
既预备了喜悦又预备了狡诈[342]。

那个世界已经流走，因你的存在。

那个世界依旧像光的游戏
流淌在冷漠的岁月之上；
但对你，对黄昏，对诗人们，
却是流动着的面容下
暗昧万物的彰显。

世界的诸王年纪老迈，
都将没有继承人。
儿子们年幼时已经死去，
而女儿们面色惨白，已交出
病恹的权力之冠。

王冠被暴民们碎成金币，
被顺应时代的世界之主

在火中延展成机器，
隆隆地服从他的意欲；
但好运却并不与机器同在。

矿石乡愁满怀。意欲
离开硬币与齿轮，
离开这被教导的渺小生活。
离开工厂，离开钱箱，
它们将返回矿脉，
敞开的群山，
在它们身后闭合。

一切将再次为大、大有权柄：
诸土简朴，众水微澜，
墙垣低矮，树木参天；
山谷中，强壮而多样，
牧人与农夫的民族。

没有那样的教堂，那先将上帝
像流民一样围困、后对上帝叹惜
就像在叹惜囹圄中受伤的动物的，——

有的是门环全都好客的房屋，
有的是祭物不受限制的一种情感，
在一切交往中、在你中、在我中。

没有对彼岸等待，没有向对面张望，
只有渴望，也还不去亵渎死亡，
在尘世中边服侍边练习自己，
只为让双手不再是新的。

而你也将成为大。甚至大过那一个，
此刻想必活着、能够将你宣讲的。
你也将更加非常，更加超凡，
更加苍老，甚至超过那个老人。

人们将感到你，感到一缕芬芳
从对面近处的花园里传来；
人们将爱你，就像病人爱他的
至爱之物，温柔而充满预感。

不会有祷告，集聚人群的
祷告。你并不属于群体；

谁领会了你，因你而欢喜，
谁就将独一者一样，在尘世间成为：
一个离散者和一个聚合者，
被收集同时却又被挥霍；
一个微笑者却又是一个半哭者，
小如一个家，大如一个国。

房屋里没有安宁，无论
一个人死去，被他们抬离，
还是有谁听从隐秘的口谕
拿起朝圣者的杖穿上朝圣者的袍，
开始在异乡探问道路，探问
那条他知道你在等待他的路。

他们的街道从不空虚，
他们想要走向你，如同想要
走向千年绽放一回的玫瑰。
许多皮肤黝黑的人民，几无名姓，
抵达你的时候，他们已精疲力竭。

而我见过他们的行列；

从此我认为，风来自
他们的衣袍，那衣袍，
因他们走而动、在他们卧时静——：
他们的行走浩荡在平野。

我愿就这样走向你：从陌生的门槛
搜集他们并不情愿给予的施舍。
道路纷乱迷茫的时候，
我就加入那些最老的人。
我将置身在矮小的白发者中间，
他们行走的时候，我梦中一般望见，
他们的膝从长髯那波涛里浮出，
如同岛屿，但草木不生。

我们行经那些失明的男人，
他们将自己的孩子当作眼睛，
我们行经河边的饮者、疲惫的女人，
和许多怀有身孕的女人。
所有人都同我异乎寻常地亲近，——
男人们视我为血亲，
女人们将我当作友朋，

甚至我看见的狗，也向我跑来。

你啊上帝，我愿成为众多朝圣者，
得以这般排成一个长列，走向你，
得以成为一个巨大的断片，属于你：
你啊花园，你的林荫路充满生机。
倘若我像我现在这样行走，孤独地，——
谁究竟会觉察？谁会看见我在走向你？
谁会被吸引？谁会被激动？谁
会因此皈依你？
　　　　　　似乎无事发生，
他们继续大笑。而我却欢喜于
我像我现在这样行走；因为这样，
大笑者就无一能够将我看见。

白天时你是道听途说，
喁喁流淌在众人四周；
你是寂静，在钟敲

报时之后，慢慢闭合。

白天愈神情孱弱地
垂入黄昏，我的上帝啊，
你就愈在。你的国
如炊烟，从万家屋顶升起。

一个朝圣者之晨。坚硬的营地里，
每一个人都仿佛毒发倒地，
第一阵排钟响起，营地里起身了
瘦骨嶙峋的一个晨祷游吟的民族，
清晓的阳光曝晒着他们：
大胡子男人们，俯首鞠躬，
孩子们，严肃地从皮毛里爬起，
身着长袍，因沉默而显得忧郁的，
是第比利斯和塔什干肤色黝黑的女人。
带着伊斯兰教神情的基督徒们
围在井边[343]，双手伸出
如平平的盘碟，如物品，
水流像灵一样进入其中。

他们垂脸探入，喝水，
他们用左手扯开衣服，
将水掬在胸膛，
似乎那是一张冰冷的流泪的脸，
诉说着地上的痛楚。

这些痛楚者围在四周，
双眼干涸；你不知道
他们是或曾经是谁。是雇农或者是农民，
或许是被富裕眷顾的商贩，
甚至或许是懦弱的不再修行的修士、
窥伺着机会的盗贼、
枯萎蹲下的敞开的少女[344]、
幻想之林中的迷路人——：
所有人都如同丰裕不再的
王侯，深陷在哀伤中。
所有人都如同智者，阅历丰富，
如同被拣选者，在旷野里，
被上帝借一只奇异的动物喂养[345]；
如同寂寞者，穿行在平野，
黧黑的面颊饱经风霜，
因一个渴望而畏惧羞惭，
却又被这个渴望神奇地高举。
如同从平常日子里解脱的人，

加入宏大的管风琴与合唱中，
如同身姿像上升者的下跪者；
如同画旗，长久地
被收藏，被叠起：

此刻再次缓缓招展。

而一些人停下，望向一座房舍，
那里面住着染病的朝圣者；
因为刚刚有一个修士[346]从中逃出，
头发披散着，黑色法衣凌乱，
铁青的病脸罩着阴影，
完全被魔鬼所幽暗。

他俯下躯身，仿佛断成了两截，
他将自己分成两段抛在地上，
一段恍然是挂着他嘴上的
一声尖叫，一段似乎是
他手臂正在生长的姿势。

他的跌落慢慢从他的身边经过。
他向上飞起，好似感受到翅膀，
变轻的感觉诱使他
相信自己已经羽化飞升。

细瘦地挂在自己瘦弱的两臂之间，
像一个歪斜移动着的木偶，
他相信，他拥有巨大的羽翼，
他相信，世界早已像一个山谷
在他的脚下远远滑去。
不可置信地他看见自己一瞬间
落在陌生之地，
落在他的苦楚碧绿的海底。
他是一尾鱼，轻快地摆动，游
在深水，寂静而银光闪动，
他看见水母挂在珊瑚枝上，
看见鱼美人的秀发
被流荡的水轻梳。
登上陆地后，他是一个死去女子
身边的新郎，仿佛人们选中他，[347]
只为不让任何一个女子陌生而未婚
就踏入天国乐园的草地。

他跟随她，调整脚步，
绕圈而舞，她始终在中心，
他的双臂也绕圈而舞，围绕着他自己。
于是他听见，好似有第三个
形象在不知不觉中进入表演，
恍然并不相信这个舞蹈。

但那时他认出来：此刻你必须祷告，
因为这一位就是那将自己如同
一顶巨大冠冕赋予先知的。
我们挽留他，为了日日求得他，
我们收获他，因我们从前播种了他，
我们带着安静的工具还家，
走在长长的队列中如在旋律中。
因此他感动地鞠躬，深深地。
但那位老者，似乎在沉睡，
尽管目光并未沉睡，但却看也不看。

他鞠躬，以这样一个深度，
致使一阵战栗穿过他的肢体。
但那位老者犹未觉察。

于是病修士抓住自己的头发，
将自己像一件衣服挂在树上。
但那位老者站着，几乎不看。

于是病修士将自己握在手中，
就像将一把斩首剑握在手中，
他左挥右刺，刺伤重墙，
最后恼怒地刺入地里。
但那位老者目光游移。

于是修士将自己的衣服像树皮一样撕开，
膝行着将之奉给那位老者。

于是看呐：他来了。如同来向孩童，
柔声地问：你竟知道我是谁？
他知道。轻轻靠在
白发老者颌下，如一把小提琴。

此刻已然成熟了红色的刺檗[348]，
老去的紫莞正孱弱地呼吸在花畦。
谁此刻不曾丰足，夏天已过，
谁就将永远等待，永不拥有自己。

谁此刻不能合上双眼，
确信幻象的一个丰盛
正在他的里面一直等待夜的开始，
等待在他的黑暗里将自己立起：——
谁就已溘然长逝如一个老人。

没有什么再来，没有白昼再遇，
遭逢的一切都在将他谎骗；

甚至你，我的上帝。你如一块磐石，
将他日渐拖向深渊。

你不必害怕，上帝。他们说我的，[349]
对一切在忍耐的事物。
他们就像风，轻触着枝条，
然后说：我的树。

他们几乎没有觉察到，
他们握在手中的一切都在灼红，——
甚至那一切的最外的边缘
他们也无法不被烧伤就抓到。

他们说我的，就像农夫间的交谈中
偶尔有人一厢情愿地称王侯为朋友，
尤其是这位王侯特别高贵——特别遥远。
他们说我的，对那些陌生于他们的墙，
而他们却根本不认识房屋的主人。
他们说我的，称之为占有之物，
而他们接近的每个事物都关闭了自己，
他们就像无聊的江湖骗子

或许会说阳光和闪电是他的。
就这样他们说：我的生命，我的妻子，
我的狗，我的孩子，他们其实心知肚明，
这一切：生命，妻子，狗和孩子
都是陌生的形体，他们盲目地
张开的双手去触碰。
当然这仅仅让那些尊大者感到可信，
那些渴望双眼的尊大者。因为其他的人
不想听到，他们贫穷的漫游
与周遭的事物毫无关联，
不想听到，被自己拥有的所排挤，
被自己的所有物否弃，
他们拥有的女人少得如同那朵
对一切人都属于一个陌生生命的花。

不要啊，上帝，不要失去你的平衡。
即使爱着你的人，能够在黑暗中
认清你的面孔，当他像一豆烛光
在你的呼吸中摇曳时，——他也没有占有你。
即使有人在黑夜里抓住你，
使你不得不进入他的祈祷：

　　　　　　　你是过客，

　　　　　　　已再次远去。

谁能留住你，上帝？你是你的，
所有者的手无一能够烦扰你，
你就像尚未熟透的酒，
越来越甘洌，属于自己。

深深的夜里我挖掘着你，宝藏。
因我所见到的一切丰盈，
是贫穷与贫乏的替代，
替代你尚未发生的美。

通往你的道路，可怕地迢远，
因久已无人行走而湮灭。
哦你寂寞着。你是寂寞，
你啊心，去往悠远山谷。

我的双手，因挖掘
而血流淋漓，我高举在风里，
于是它们生出枝条，摇曳如树。
我用它们在天空里吸吮你，
好似你曾经在那里撞碎，
在一个无法忍耐的姿势中，

如今你，一个四溅的世界，
从遥远的星群再次落到地球，
温柔如一场春雨。

贫穷与死亡之书[350]

或许，我穿过层层群山进入[351]
坚硬的矿脉，孤独如一粒矿石；
我深陷着，看不见尽头，
也看不见远方：一切都近在咫尺，
一切近在咫尺的都是岩石。

我依旧不是痛楚中知情者，——
这巨大的黑暗如此令我渺小；
但如果**你**是这黑暗，沉重吧，崩塌吧：
你的整只手临到我身上，
我临到你身上，带着整声惊呼。

你啊山，你保持不变，在山脉形成时，——
坡上没有茅舍，顶峰没有名姓，
终年的积雪里，僵卧着繁星，
你支撑着的仙客来山谷，
散发着大地的一切芬芳；
你啊，众山的口与Minaret[352]
（尚未响起昏礼的唤礼声）：

此刻我行在你的里面吗？身在玄武岩中

我像一块尚未被发现的金属吗？
敬畏地我布满你岩褶，
处处我感受到你的坚硬。

抑或这就是我存身其中的恐惧？
这对超级庞大的城市深深的恐惧，
你将我置身其中，深至灭顶？

啊，唯愿有人向你提到过
这些城市本质的幻想与荒谬。
来自太初的风暴啊，你要长身站起，
将这些城市糠秕般从你面前吹去吧[353]……

如果此刻你想要我，那就说吧，——
于是我将不再是我口的主人，
这张口无非想要闭合，如一道伤口；
我的手好像狗，停在
我的身侧，吠声刺耳。

你在迫使我，主啊，进入一个陌生时刻。

使我成为守望你的辽阔的人，
使我成为石上的凝听者，
赐我双眼，让目光铺展
在你海的寂寞，
让我伴着大河前行，
从两岸的喧嚣，
辽阔地进入夜的音声。

派遣我到你空旷的乡野[354]，
那里有辽远的风穿行而过，
那里高大的修道院仿佛华服
将不曾生活过的生活围裹[355]。
我想要在那里停留在朝圣者身边，
不再有欺诈将我
同他们的音容隔阻，
我想要追随一位失明老者，
走那无人识得的路。

因为，主啊，庞大的城市
是无望者、是失措者；
最大的城仿佛在逃离烈火，——

没有慰藉可以将它慰藉，
它微小的时间正在流逝。

那里人们活着，低劣而沉重，
在低矮的房室里，神情惊慌，
比头生的牲畜更恐惧[356]；
屋外你的大地醒着呼吸着，
他们却活着，对此一无所知。

那里少年们在窗阶旁长大，
始终活在同一片阴影下，
他们不知道，外面的鲜花在呼唤，
外面的白昼充满了幸福、风与辽远，——
他们不得不成为少年，哀伤的少年。

那里少女们向着未知鲜花绽放，
渴望着自己童年的安宁；
但她们为之红艳的，却不在那里，
于是她们战栗着再次关闭。
遮幕的后室里，她们拥有的是
失望的母性的白日，
无望啜泣着的长夜，
没有斗争与力量的冰冷岁月。
灵床全然停放在黑暗中，

她们渐渐渴望进入里面；
她们长久地死去，成群结队地死
乞妇一般告别人间。

那里人们活着，白色地盛开，苍白，
那里人们死着，惊异于沉重的世界。
无人看见这绽裂的鬼脸，
被一个温柔的种族用微笑
在无名的夜里扭曲而成。

他们四处游荡，艰辛而屈辱，
服侍着无知无觉的冷漠事物，
他们的衣衫日渐褴褛，
他们美丽的手早早老去。

人来人往，却无人想到去爱惜他们，
哪怕略带踌躇，略带懦弱也好，——
只有胆怯的狗，无处安身，
悄悄在他们身后跟随片刻。

他们被交付到百般痛苦之下，

他们，被每小时的报时声叱骂，
他们寂寞地聚集在医院四周，
忧心忡忡等待着准入的日子。

那里面是死。不是那，他们
童年里奇妙地擦肩而过的问候，——
而是他们在那里抓住的微小的死[357]；
他们自己的死，青涩而毫无甜蜜，
如一枚尚未成熟的果实，悬在他们的身里。

主啊，赐给每人他自己的死[358]吧。
这个死亡，来自他的生，
内含他的爱、意义与苦难。

因为我们只是叶片与果皮[359]。
每个人身里拥有的巨大的死，
却是被一切所围绕的果实。

唯它之故，少女们轻移脚步，
树一样从琉特琴里走出，
少年们则渴望为它成为男人；
女人们，成为成长者信赖的人，
抵御着往日无人能够承受的恐惧。
唯它之故，被凝睇之物存留着
如永远之物，尽管久已流逝，——
每个勾画与建造的人，
是这果实周遭的世界，
冰封、雪融，风吹，日曝。
进入它里面的，是一切温暖、
心脏与大脑的白色炽热——：
但你的天使们迁飞如鸟，
虚构了一切果实的青涩。

主啊：我们比贫穷的动物更加贫穷[360]，
它们即使盲目，也会命终于自己的死，
而我们却依然全都无法死去。
赐给我们，那赢得科学的死吧，
将生捆扎在
五月提早开始的葡萄架上。

因为这使死亡变得陌生而沉重的，
不是**我们的**死；一种死
最终接纳我们，只缘于我们无一成熟；
一场风暴过去，将我们全部吹落。

我们站在你的花园里年复一年，
我们是树，结出甜蜜的死；
但收获时节我们却老去，
就像被你惩罚的妇人，
闭锁、低劣而不结果实。

难道我的放肆不正确吗：
树是更好的？我们只是生殖器
与子宫，属于那些满足众人的女人？——
我们与永恒通奸，
一旦有了产床，我们就
分娩出我们的死流产的死胎；
那扭曲着的、充满忧愁的胚胎，
（似乎因恐怖的事物而惊恐）
手蒙着胚胎的眼，
凸起的额头上早已伫立着
它无法忍受的对一切的恐惧，——
所有人都娼妇一样终结
在产褥期的挣扎中，在剖腹产的手术里。

使一个人荣耀，主啊，使一个人为大。
为他的生命营造一个美丽的子宫，
将他的羞处竖起如一道大门，
在酡毛金色的森林中，
通过无以言表的阳物牵引出
雇佣骑兵、白盔白甲的步兵
和云集的万千子孙。

赐予一夜吧，让这人领受
人类的深度所依然无法企及的；
赐予一夜：让万物盛开，
使万物芬芳更胜于紫丁香，
摇曳更胜于你的风之翼，
欢呼着更胜于约沙法[361]。

赐予他一个漫长的孕期，
使他在增大的衣衫里臃肿，
赠与他星辰的寂寞，
于是他的容貌温存改变时，
不会有目光的惊异走上他。

更新他以一餐纯洁的饮食，
以露水，以不杀生的菜肴，
以那生命——悄然如短祷，

温暖如田野里涌出的呼吸。

使他，再一次重温童年；
重温潜意识与惊奇，
重温他充满预感的起始岁月里
不尽的、幽暗重重的系列传说。

就这样命他等待他的时辰，
等待分娩死他的主：
孤独而辉煌如一座巨大花园，
如一个远道而来的被招聚者。

最后的神迹且在我们身上成就，
将它显现在你能力的冠冕，
赐给我们此刻（依照一切妇人的苦痛）
人类最真诚的母性。
且莫，你大能的施与者啊，
且莫充满那诞神妇人的梦，——
且瞩目那重要的：那个分娩死的人，
请在我们中央，凭那双将要
追索他的手，引领我们去往他。

看呐，我看见了他的宿敌，
他的宿敌比时间中的谎言更多，——
而他将起身于嘲笑者之国，
将被称作一个梦着的人：因为
醒着的人永远是醉中梦着的人。

在你的慈爱里根植他吧，
在你古老的光芒里将他培育；
让我成为这约柜的舞者[362]吧，
让我成为新弥赛亚[363]的口，
成为发声的人，成为施洗者[364]。

我欲将他赞美。我欲边走边喊，
像走在军队前列的号角[365]。
我的血必将比大海更訇訇，
我的话必将甜如蜜，被人们渴求，
却又不会酒一样让人迷醉。

春夜里，如果没有许多人
停在我的床榻周围，
我欲盛开在我的弦歌里

轻悄如北方的四月，姗姗迟来，
恐惧地围绕着每一片树叶。

我的声音向两个方向成长，
长成一缕芬芳和一声呼喊：
一个我要预备给远方，
另一个必将为我的寂寞
成为天使、至福与幻象。

赐予我这两种声音将我陪伴吧，
如果你将我再次播撒在城市与恐惧里。
与两种声音一道，我欲存身在时间之怒中，
用我的歌音为你预备床榻
在每一个你盼望的地方。

庞大城市并不真实；它们欺骗着
白日、黑夜、动物和孩子；
它们的沉默在说谎，它们说谎以噪音，

以心甘情愿的事物。

虚无来自辽阔而真实的发生，
形成者啊，它围绕着你在转动，
在自身里发生。你的风的吹动
落入小巷，被小巷别样地旋转，
你的风的呼啸，在来去之间
缭乱，激怒，激动。

你的风也临到花畦和林荫路——：

因为花园是真实的，——被君王们营建，
君王们曾在这些花园里须臾行乐，
与年轻的女子，那些女子将鲜花安排
在她们的笑神奇的声音里。
她们令这些疲惫的花园彻夜不眠；
她们温言软语如灌木丛里的风，
她们轻裘罗裳光艳照人，
她们晨装的丝裾
轻曳石径声如溅溅溪水。

此刻所有花园全都在效仿她们——
寂静而无人注意地，将自己
安排在异国春天明亮的色阶里，
缓缓燃烧着秋的火焰
在枝丫巨大的炉箅，
那仿佛用万千花押字艺术地
锻造成的黑色栅格。

透过花园耀眼炫目的是宫殿
（仿佛苍白的天空伴着朦胧的光），
褪色的画架沉陷在殿堂
仿佛陷入内心的幻境，
陌生于每一个节日，心甘情愿放弃，
隐忍无语如一个过客。

后来我甚至见过活的宫殿；
它们自鸣得意，形如
外表美丽而叫声难听的鸟。
许多人因富有而欲求抬高自己，
但这些富人却称不上富有。

不像你的游牧民族之主，
他们伴着黎明的拥挤羊群
移行在晴翠的平野上，
恰如清晨天空里的浓云。
他们安营扎寨，号令
回响在新夜里的时候，
就好似，另一个灵魂苏醒
在他们坦荡的浪游大地上——：
他们的骆驼幽暗的驼峰
围绕成圈，巍峨如山。

牛群的气味蜿蜒
在他们的行列之后，十天犹闻，
温暖，浓郁，风吹不散。
恰如灯火辉煌的婚筵上，
丰饶的酒彻夜流淌：
他们牝驴的奶汁，绵绵不绝。

不像大漠部落的那些酋长，
夜夜睡着凋敝的毛毯，
却将红宝石镶嵌在
他们心爱的牝驼的银梳上。

不像那些王公，将不能

散发芳香的黄金视如粪土，
他们骄傲的生命缀满
龙涎香、杏仁油和檀香木。

不像东方的白发戈苏达[366]，
一面向帝国证实天赋神权；
一面却憔发披垂，
苍老的额头频叩脚下的地砖，
哭泣不已，——因为天国乐园里
没有一刻时光属于他。

不像古老商港的第一代人，
操心着如何凭借画像
空前地超越自己的真相，
再凭借时间超越自己的画像；
在他们身穿金袍的城市里，
他们的画像纸片一样折叠起来，
只是悄悄地喘息着，两鬓苍苍……

这才是富人，他们迫使生命
变得无边的宽无边的重无边的暖。
但富人的日子已成往事，
无人会向你索还，
只求你使穷人最终再次贫穷吧。

他们不是穷。他们只是不富，
他们没有意志，没有世界；
身上标记着最后的恐惧，
处处被剥光，处处被歪曲。

他们沾满城市的尘垢，
他们挂满各色的垃圾。
他们声名狼藉如同天花病床，
如同被弃的碎瓦，如同骷髅，
如同一年过尽的日历，——
但是，如果你的尘世充满困乏：
就会将他们排列在玫瑰链上，
佩戴着他们像一颗护身符。

因为他们比纯洁的石头更纯洁，
因为他们像初生尚不能视物的动物，
因为他们充满天真，无尽地属于你，
因为他们别无所求，需要的只是*一个*：

得以贫穷，如同他们真实的模样。

因为贫穷是来自内部的一道伟大的光……[367]

你是穷人，你身无分文，
你是石头，无处栖身，
你是被鄙弃的麻风病人，
手持响板[368]在城外逡巡。

你身无长物，清贫如风，
名誉几乎掩不住你的赤裸；
孤儿的日常衣裳与你的相比，
也更华丽，像一份财产。

你贫穷得就像少女腹中胚胎
的力量，少女想要掩饰，
将自己的腰紧束，于是这力量
窒息了她的妊娠的第一口呼吸。

你贫穷：恰如春雨，
有福地落在城市的屋顶，
如愿望，被囚犯憧憬
在永无天日的牢房。

如病人，异样地躺着
幸福着；如铁轨上的花
哀伤地贫穷在旅途迷茫的风里；
如人掩泪的手，贫穷着……

瑟缩的鸟与你相比算得了什么？
数日未进食的狗又算得了什么？
自我迷失算得了什么，
被猎取又被遗忘的动物们
无声而漫长的哀伤又算得了什么？

夜间收容所里所有的穷人，
他们与你和你的困乏相比，算得了什么？
他们只是细小的石子，而不是磨臼，
可他们却还是磨出了一点点面包。

而你却是一个身无长物者，
一个遮住脸的乞丐；
你是贫穷伟大的玫瑰，
是黄金变成阳光
永恒的变形。

你是悄无声息的无家者，
不再踏入这个尘世：

对所有需要你的，你太大太沉。
你呼号在狂风里。你像一张竖琴，
令每一个弹琴的人碎骨粉身。

你啊，你知悉一切，你广博的知识
来自于贫穷与贫穷的丰盈：
践行吧，使穷人不再因懊恼
而被遗弃、被践踏。
其他的人似乎已经溜走；
而他们却像鲜花一样
从根茎生出，芬芳如香蜂草[369]，
叶如锯齿而细嫩。

观察他们吧，看何物与他们相同：
他们动如置身风中，
静如被人握在掌心。
他们的眼里，是明亮的
草坪节日般的暗去，

因一阵急疾的夏雨飘落。

他们如此静；静得近乎于物体。
如果有谁邀他们入室，
他们就会像远道而归的友人，
消失在微小的器物里，
暗如一件闲置的器具。

他们如被遮掩的宝藏旁的守卫，
护卫着宝藏，却看不见自身，——
他们如一叶小舟在深渊里浮荡，
如亚麻布在漂晒场，
被铺展，被开敞。

看呐，他们的双足是怎样走过一生：
如动物，被每一条道路
百般缠绕；充满的回忆，
关于岩石与落雪，关于无忧、青葱、

冷冽的草地，有风吹过。

他们满怀的大苦之苦，
人类从其中碎落成小忧愁；
芳草的香泽与岩石的锋芒
是他们的命运，——他们两者皆爱，
他们行在你视野的牧场，
恰如双手行在丝弦之上。

他们的手恰如妇人的手，
与某种母性相称；
快活如筑巢的鸟，——
在理解中温暖，在信赖中安静，
伸手触摸如同杯盏。

他们的口恰如胸像上的口，
从未歌唱从未呼吸从未亲吻，
但却属于一个逝去的生命，

曾经贤明地整饬、接受一切，
这张口正隆起，好似知晓一切——
但知晓的只是比喻、石头和物……

他们的声音迢递而来，
在日出之前启程，
在浩瀚的森林里，走了数周，
曾在梦中与但以理[370]交谈，
曾见过海，正将海讲述。

他们睡去时，仿佛在向一切
归还他们悄悄借走之物，
仿佛荒年里的面包四处分发，
给午夜的黑，给清晨的红，
仿佛漫天飞雨的飘落
在幽暗青葱的丰饶里。

于是他们的名字不留一丝疤痕

在他们的肉体，那为胚胎预备的肉体
安睡如种子中的种子，
将永远成为你。

看呐，他们的肉体恰如新郎[371]，
在躺卧中清溪一般流去，
如此美丽地活着，如美丽的物品，
如此激情，如此奇妙。
肉体的纤柔里集聚着孱弱，
那来自众多妇人的忧惧；
但是阳具却强健如龙，
沉睡地等待在羞处之谷。

因为看呐：他们将活着，将繁衍，
将不被时间征服，
将生长如森林中的浆果，
甘甜中蕴含着泥土。

因为他们有福了[372]，这些从未远去的人，
这些上无片瓦静伫雨中的人；
一切收获将临到他们，
他们的果实将千倍饱满。

他们的生命将超越所有终结，
超越意义流尽的国，
他们将像休息过的手一样
升起，当一切身份的手
与一切民族的手变得疲惫时。

只求你救他们脱离城市的罪恶，
那里他们使所有人愤怒、混乱，
那里他们在人声鼎沸的岁月里
枯萎，带着令人惊异的忍耐。

难道世间就没有他们的存身空间？
是谁被风找寻？是谁啜饮溪流的波光？
池塘深深的堤梦里
就没有门与门槛更自由的倒影？
他们真的只需要一块窄小的地，

在上面像树一样拥有自己的一切。

穷人的房屋像多翼祭坛。
永恒在其中变成钟铜，
黄昏来临时，就悄然转身
转一个大大的圈返回，
余音袅袅遁入自己。

穷人的房屋像多翼祭坛。

穷人的房屋像孩子的手。
不去拿取成人企盼之物；
只拿取带螯的甲虫，
溪水磨圆的石头，
流沙，和汩汩作响的贝壳；
如高高挂起的天平，
宣告着全部最细微的领受，
吊盘久久摇摆。

穷人的房屋像孩子的手。

穷人的房屋像地球：
一个未来的水晶的碎片，
明明灭灭在坠落的逃逸中；
贫穷得像马棚温暖的贫穷，——
但在黄昏时：穷人的房屋就是一切，
一切星辰都从它的里面启程。

城市却只在欲求属于它们，
将一切拖入它们的进程。
将动物像空心木头一样粉碎，
将无数大众焚烧成灰烬。

城里的人在文明里服务，
从磅秤与标尺中落向深处，
他们将城市的蜗行称作进步，
飞快驶向城市迟缓引领的地方，
他们自命不凡，闪耀如婊子，
借着金属和玻璃更高声地喧嚷。

似乎，一个错觉将他们日日模仿，
他们完全无法再是他们自己；

金钱不断加增，拥有他们全部力量，
如东风[373]一样浩大，而他们却变得渺小，
被呼来唤去，等待着葡萄酒
与动物的和人的汁液的全部毒剂
刺激他们短暂的营生。

而你的穷人忍受着这些，
因眼见的一切而沉重，
他们忽冷忽热如患热病，
他们被逐出每一个住所，
游荡在夜里如陌生的死者；
他们背负着全部的污秽，
就像被呕吐在腐物的阳光里，——
被每一个偶然，被娼妓的艳装，
被车辆和街灯高声怒骂。

而如果有一张庇护他们的口，
请使那张口成年，请开启那张口。

哦他[374]在何方？那个抛弃财物与时间，
在伟大的贫穷中变得如此强大的人，
他在集市上除去衣衫，
他赤身走到主教的法衣前。
他属于所有人的挚诚与至爱，
他到来他活着如一段青春岁月；
他是你的夜莺的褐衣兄弟，
他的里面是一个奇迹，一个满足
与一个对尘世的沉迷。

那些欢颜日减日渐倦怠的人，
他并不属于他们中的一个，
戴着小花就像带着小兄弟，
他沿着草地边缘边走边讲。
他讲述自己讲述如何应用自己，
于是成为了一切人的一个欢喜；
他纯净的心没有尽头，
也没有任何细微被忽略。

他从光中走向越来越强的光，
他的单间里盈满欣悦。
微笑增长在他的面孔，
含满他的童年与往事，
成熟得如同少女时代。

他一歌唱[375]，甚至昨日
与遗忘也转身归来；
小屋里一片寂静，
唯有心在姊妹中嘶喊，
他像新郎一样打动的姊妹。

歌声的花粉悄悄
离开他的红唇，
梦着飘向充满的爱，
落入敞开的Corolle[376]，
慢慢沉入花的底。

她们接纳了他，无瑕的人，
用她们的肉体，她们的灵魂。
她们的双眼闭合如玫瑰，
她们的秀发是丰满的爱夜。

事物无分大小接纳了他。
基路伯，那惊艳的蝴蝶，
来向众多的动物们说话，
要它们的女人把果实收获：
因为万物已将他明认，
已拥有出自他的丰饶。

他死去的时候，轻悄得好像没有名姓，
他被分发：他的精子
在溪流中流荡，在森林中歌唱，
在繁花中静静地将他凝望。
他躺卧着歌唱着。姊妹们到来时，
她们为所爱的男人，泪雨飞扬。

哦他去往了何方，清澈的人，鸣响着？
为什么期待着的穷人没有远远地
感觉到他，他这欢欣的、年轻的人？

为什么他并未升入他们的暮色中——
贫穷伟大的黄昏之星。